U0145477

哈日族購物用語

※ 樹人醫專　秦就 編著

shopping

五南圖書出版公司 印行

前　言

　　以前自己在學日文的時候，每天都要抱著字典查單字，字典是學習語言最基本的工具，現在看到學習日語的同學，都用電子字典查新詞，其方便快速，不可同日而言。

　　但即使有了電子字典，在學習上還是有盲點，一是要主動去查，但沒有日語基礎的人，即使想查也無從查起。二是一般電子字典，並未將無法同類事物放在一起，但這在應用上常常是需要的。

　　五南圖書企畫的這本『哈日族購物用語』，基本上解決了這兩大問題。會中文就可以根據分類去查日語，而同類相關物品的單字放在一起，更為購物時增加了莫大的方便性。

　　日本是國人出國最常去的國家之一，台灣人到了日本，除了旅遊，有不少人還會「血拼」一番，有了這樣一本工具書相信會提供更大的便利性。

美甲沙龍	ネイルサロン ④【nail salon】	
指甲彩繪貼片	ネイルチップ ④【nail chip】	
指甲油；指甲彩妝	マニキュア ⓪【manicure】	
指甲油	ネイルカラー ④【nail color】	
指甲保養	ネイルケア ④【nail care】	
除光液；去光水	リムーバー ②【remover】	＝じょこうえき【除光液】。

保養品 ✂

中文	日文	備註
保養用品	ケアグッズ ③【care goods】	
基礎化妝品	きそけしょうひん ④【基礎化粧品】	指以保養為目的的化妝品。包含日文中所指的「洗顏料、化粧水、乳液、パック」。
基礎護膚	ベーシックスキンケア ⑨【basic skin care】	
重點保養品	スキンフォーカス ④【skin focus】	
護膚品	スキンケア ④【skin care】	

濃密型睫毛膏	ボリュームマスカラ ⑤【volume mascara】	
增加濃密度	ボリュームアップ ⑤【volume up】	
纖長型睫毛膏	ロングマスカラ ④【long mascara】	
增加捲翹度	カールアップ ④【curl up】	
增加長度	ロングアップ ④【long up】	
刷具	ブラッシュ ②【brush】	
睫毛刷	マスカラ ブラッシュ ⑥【mascare brush】	
樣品	サンプル ①【sample】	
試用	トライアル ②【trial】	試用組：トライアルセット。

指甲彩妝 ✂

中 文	日 文	備 註
指甲彩繪	ネイルアート ④【nail art】	＝ネイルファッション【（和）nail＋fashion】。

眼彩霜	クリーミー アイシャドー⑧ 【creamy eye shadow】	
眼部凝膠	アイジェル⓪ 【eye gel】	
眉墨	まゆずみ③ 【眉墨・黛】	
眉筆	アイブロー④ 【eyebrow】	=アイブラウ。 =アイブローペ ンシル【eyebrow pencil】。
眉粉	パウダーアイブ ロー⑧【powder eyebrow】	
睫毛夾	アイラッシュ カーラー⑥ 【eyelash curler】	=ビューラー。
假睫毛	つけまつげ③ 【付け睫毛】	
睫毛膏	マスカラ⓪ 【mascara】	
持久型睫毛 膏	もちよし マスカラ⑤	
防水型睫毛 膏	マスカラウォー タープルーフ⑨ 【mascara waterproof】	

口紅	くちべに ⓪ 【口紅】	=ルージュ ① 【(法) rouge】。
(棒狀) 口紅	リップスティック ⑤【lipstick】	
護唇膏	リップクリーム ⑤【lip cream】	

眼部彩妝 ✂

中文	日文	備註
眼部保養	アイケア ③ 【(和) eye-care】	
眼部彩妝	アイメーク ③ 【(和) eye＋make】	
眼線	アイライン ③ 【(和) eye＋line】	眼線筆：アイライナーペンシル。
眼線筆	アイライナー ③ 【eyeliner】	
眼線液	リキッドアイライナー ⑦【liquid eyeliner】	
眼霜	アイクリーム ④ 【eye-cream】	
眼影	アイシャドー ③ 【eye shadow】	

遮瑕膏	コンシーラー[3]【concealer】	
化舞臺妝用油彩	ドーラン[0]【（德）Dohran】	
擦粉前的底妝	けしょうした[0]【化粧下】	=おしろいした[0]【白粉下】。
雪花膏	バニシングクリーム[7]【vanishing cream】	適用於洗臉後的肌膚保護及化底妝時。
腮紅	ほおべに[03]【頰紅】	=チーク。=チークカラー【（和）cheek+color】。
隔離霜	ベースクリーム[5]【base-cream】	
卸妝綿	メイクおとしシート[7]【メイク落としシート】	
唇部按摩精華	リップマッサージエッセンス[9]【lip massage essence】	
唇蜜	リップグロス[4]【lip gloss】	能使嘴唇有光澤且具保濕性。直接塗於唇上，或上口紅後再塗。
唇線筆	リップライナーペンシル[8]【lip liner pencil】	

美容彩妝 ✂

中文	日文	備註
化妝	けしょう [20]【化粧・仮粧】	
化妝（品）	メークアップ [4]【makeup】	メーク [1]【make】指化妝（品）。
化妝品	けしょうひん [0]【化粧品】	
化妝海綿	ファンデーションスポンジ [7]【foundation sponge】	
補妝	けしょうなおし [5]【化粧直し】	
防止脫妝	けしょうくずれぼうし [7]【化粧崩れ防止】	
棉花；化粧棉	コットン [1]【cotton】	
粉撲	パフ [1]【puff】	
底妝	けしょうしたじ [4]【化粧下地】	
粉底	ファンデーション [3]【foundation】	另有婦女緊身胸衣之意。
（化妝用）粉	おしろい [0]【白粉】	
白粉膏	ねりおしろい [3]【練り白粉】	

第 **1** 章

美容彩妝 ✂

美容彩妝 ✂

- 美容彩妝
- 眼部彩妝
- 指甲彩妝
- 保養品
- 香水
- 化妝品樣態
- 化妝品相關用語
- 購物相關用語
- 美髮
- 各種顏色

第5章　居家相關用品

第6章　電玩漫畫

第7章　網路購物

第3章　食品・特產・健康食品

第4章　電器用品

＊目　次＊

第1章　美容彩妝

第2章　流行訊息

　　不過，雖知有這種需求，但沒想到編輯本書時遠比想像中費時、費力。尤其本書稱為『哈日族購物用語』，各種可能到日本時會買的東西，都要盡力收集。但問題來了，我不算是愛壓馬路的血拼族，不少東西，沒想過要買，連中文要怎麼說都有問題，何況日文，可是對於精明的台灣購物族卻可能是需要的，所以也都要列入。因此，在編輯過程中，也曾求助於同事，甚至學生，他們對我的耳提面命、諄諄教誨，令我成長不少。這才發現學海無涯，人生要學的東西，實在是永無止境。

　　還有五南的朱曉蘋小姐，在百忙之中，不厭其煩的郵件往來，為我解決許多疑惑，都是這本書能夠完成的最大助緣。

秦就

面膜	パック① 【pack】	
美容液	びようえき④ 【美容液】	調整肌膚狀況的基礎保養品，主要成分為維他命C、膠原蛋白等。
冷霜	コールドクリーム⑥ 【cold cream】	
保濕霜	ほしつクリーム⑤【保湿クリーム】	
保濕凝露	ほしつゲル④ 【保湿ゲル】	＝ほしつジェル④ 【保湿ジェル】。
潤膚霜；滋養霜	ナリシングクリーム⑦ 【nourishing cream】	
晚霜	ナイトクリーム⑤【（和）night ＋cream】	就寢前使用，成分和潤膚霜一樣，或有更多油分。
古龍水	オーデコロン④ 【（法）eau de Cologne】	具清爽且有香味的含酒精化妝水，香料含量約2～5%。
化妝水	けしょうすい② 【化粧水】	
化妝水	ローション① 【lotion】	又指比較不濃稠、清爽的乳液。
潤膚液	スキンローション④ 【skin lotion】	

身體乳液：潤膚露	ボディーローション[4]【body lotion】	
吸油面紙	あぶらとりがみ[5]【脂取り紙】	
紫外線	しがいせん[0]【紫外線】	=UV【ultraviolet; ultraviolet rays】。
防紫外線	ユーブイカット[5]【（和）ultraviolet rays＋cut】	防曬：UVケア。抗紫外線功效：ユーブイカットこうかがある【UVカット効果がある】。
防曬乳液	ユーブイカットミルク[8]【UV cut milk】	
保濕防曬凝膠	モイストユーブイジェル[9]【moist UV gel】	
防曬品	サンスクリーンクリーム[9]【sunscreen cream】	=ひやけどめ【日焼け止め】。
防曬濕巾	ひやけどめシート[6]【日焼け止めシート】	
護手霜	ハンドクリーム[5]【hand cream】	

眼部卸妝液	アイメイク クレンジング ⑨ 【eye-make cleansing】
卸妝泡沫	クレンジング フォーム ⑦ 【cleansing foam】
卸妝油	クレンジング オイル ⑦ 【cleansing oil】
卸妝凝露	メーククリア ジェル ⑦ 【make clear gel】
滋潤用養品	モイスチャー ② 【moisture】
夜間保濕敷臉凝露	ナイトウォー ターパックジ ェル ⑪ 【night water pack gel】
控油保濕霜	オイルコン トロールモ イスチャー ⑪ 【oil control moisture】
保濕眼霜	アイモイスチ ャー ④ 【eye moisture】
沐浴乳	ボディーシャン プー ④ 【body shampoo】

沐浴皂	ボディーソープ 4【body soap】	
清潔霜	クレンジング クリーム 8【cleansing cream】	
潔臉用品	クレンジング 2【cleansing】	=せんがんりょう【洗顔料】。
洗面乳	せんがんフォーム 5【洗顔フォーム】	多爲半固體狀，沾水起泡使用。
洗滌劑；洗衣劑	せんざい 0【洗剤】	洗碗精：しょっきせんざい【食器洗剤】。
肥皂；香皂	せっけん 0【石鹸】	
洗手乳	ハンドソープ 4【hand soap】	

香　水

中文	日文	備註
香水	フレグランス 2【fragrance】	芳香性化粧品的總稱。
香水	こうすい 0【香水】	
香精；香料；精油；精華液	エッセンス 1【essence】	

| 香精 | フレグランス ② 【fragrance】 | 是香精，也是潤膚露和古龍水等芳香性化妝品的總稱。 |
| 古龍水 | パーヒュームコロン ⑥【（和）perfume cologne】 | 賦香率佔5～10%，香水佔15～25%，古龍水約2～7%。 |

化妝品樣態

中文	日文	備註
粉；粉末	パウダー ① 【powder】	
果凍狀（的）	ゼリー ① 【jelly】	
刮鬍泡沫	シェービングフォーム ⑥ 【shaving foam】	
乳液	エマルション ② 【emulsion; （德）Emulsion】	＝にゅうえき ⑩【乳液】。
乳白色的	ミルキー ① 【milky】	
凝膠狀的	ジェル ① 【gel】	＝ゲル。指果凍狀的整髮、膏狀髮膠。
冷霜	クリーム ② 【cream】	

液體（狀的）	リキッド [1][2] 【liquid】	
慕絲狀的；泡沫膠	ムース [1] 【mousse】	
造型噴霧	デザイニングスプレー [8] 【Designing Spray】	
雙效噴霧	ツーウエイスプレー [7] 【2WAY Spray】	

化妝品相關用語

中 文	日 文	備 註
青春痘；粉刺	にきび [1] 【面皰】	＝アクネ [1] 【acne】。 痘痘疤痕：にきびあと【面皰跡】。
痤瘡	ざそう [0]【痤瘡】	
皺紋	しわ [0] 【皺・皴】	
細紋	こじわ [0] 【小皺】	
黑斑	しみ [0]【染み】	
斑點；黑斑	スポット [2] 【spot】	
肝斑	かんぱん [0] 【肝斑】	

雀斑	そばかす③【蕎麦滓・雀斑】	
黑頭粉刺；暗沈物	くろずみ◎【黒炭】	
黑眼圈	くま②	
色素	しきそ②①【色素】	色素沈澱：しきそちんちゃく【色素沈着】。
鼻翼	こばな◎①【小鼻】	
皮膚；肌膚	はだ①【肌・膚】	乾性肌膚：ドライはだ【ドライ肌】。油性肌膚：オイリーはだ【オイリー肌】。
美膚	びはだ◎【美肌】	美膚商品：びはだグッズ【美肌グッズ】。
未施脂粉的皮膚	すはだ①【素肌・素膚】	
素顏；臉部未上妝	すがお①【素顔】	
毛孔	けあな◎【毛穴・毛孔】	
角質	かくしつ◎【角質】	老舊角質：ふるいかくしつ【古い角質】。
角質層	かくしつそう④【角質層】	
粗糙；皸裂	あれ◎【荒れ】	

皮膚粗糙	はだあれ[0]【膚荒れ】	
膚色不均	いろむら[0]【色斑】	
肌膚紋理	きめ[2]【木目・肌理】	
滑溜	すべすべ[1][0]【滑滑】	
控油	ひしコントロール[6]【皮脂コントロール】	
吸油效果	ひしきゅうちゃくこうか【皮脂吸着効果】	
美白	ホワイトニング[2]【whitening】	深層美白：ディープホワイトニング。
（皮膚）泛紅	あかみ[0]【赤み】	
乾性肌膚	かんそうけい[0]【乾燥系】	
油性肌膚	オイルけい[0]【オイル系】	
滋潤的	しっとり[3]	
保濕	ほしつ[0]【保湿】	保湿能力：ほしつりょく【保湿力】。
水嫩的	みずみずしい[5]【瑞瑞しい・水水しい】	

乾燥	かさかさ ①①	
光滑	つるつる ①①	
清爽的	さっぱり ③	
緊緻	ひきしめ ①【引（き）締め】	
鬆弛；下垂	たるみ ①【弛み】	
顯色	はっしょく ①【発色】	
光澤	つや ①【艶】	＝こうたく ①【光沢】①。皮膚有光澤：はだにつやがある【肌につやがある】。
透明感	とうめいかん ③【透明感】	
遮瑕力	カバーりょく ②【カバー力】	
促進血液循環	けっこうそくしん ⑤【血行促進】	
新陳代謝	たいしゃ ①【代謝】	
緊緻的肌膚	はりのあるはだ【張りのある肌】	
濕潤	うるおい ①③【潤い】	滋潤肌膚：はだにうるおいがある【肌に潤いがある】。

| 凹凸 | おうとつ ⓪
【凹凸】 | 肌膚表面的凹凸
洞：はだのひょ
うめんのおうとつ
【肌の表面の凹
凸】。 |

購物相關用語

中文	日文	備註
商店街	はんかがい ③ 【繁華街】	化妝品常於繁華 區、商店街販售。
百貨公司	デパートメ ントストア ⑨ 【department store】	＝デパート。＝ひ ゃっかてん【百貨 店】。
H_2O百貨	エイチツーオー リテイリングか ぶしきがいしゃ 【H_2O Retailing 株式会社】	日本主要百貨公司 之一。由阪急阪神 百貨公司和阪神百 貨公司合併而成。
高島屋	たかしまや ⓪ 【髙島屋】	
J.FRONT RETAILING 股份有限公 司	ジェイフロン ト リテイリン グかぶしきがい しゃ【J.FRONT RETAILING株式 会社】	由松坂屋和大丸百 貨合併而成。
三越伊勢丹 控股	みつこしいせた んホールディン グス【三越伊勢 丹Holdings】	由三越百貨和伊勢 丹百貨統合而成。

7&I控股	セブン&アイ ホールディング ス【Seven & i Holdings】	伊藤洋華堂、7-11 日本、SOGO、西武 百貨
個性服飾店	ブティック①②【（法）boutique】	＝ブチック。
大拍賣	うりだし⓪【売（り）出し】	特定期間爲特別宣傳而低價販售或附加贈品。
宣傳活動	キャンペーン③【campaign】	特賣會：キャンペーンセール【（和）campaign+sale】。
名牌商品	ブランドしょうひん⑤【ブランド商品】	
無印商品	むじるししょうひん⑤【無印商品】	力求壓低價格而以簡單的包裝和設計爲訴求的非名牌商品。
老店	ろうほ①【老舗・老舗】	日本商店常強調老店，表示有好的傳統。
咖啡館	きっさてん③⓪【喫茶店】	也提供紅茶及餅乾、輕食等。
咖啡館	カフェ①【café】	都市中提供軟式飲料、酒、輕食的飲食店常稱爲カフェ，也寫作カフェー。

女僕咖啡店	メイドきっさ ④ 【メイド喫茶】	
餐飲店	いんしょくてん ④ 【飲食店】	
角色扮演餐廳	コスプレけいいんしょくてん ⑩ 【コスプレ系飲食店】	
餐廳	レストラン ① 【restaurant】	西餐餐廳，語感上比「食堂」高級。
小吃店	スナックバー ⑤ 【snack bar】	＝スナック ② 【snack】。
攤販	やたい ① 【屋台・屋体】	
結帳	かんじょう ③ 【勘定】	＝かいけい ⓪【会計】。
櫃台	カウンター ⓪ 【counter】	＝ちょうば ⓪③【帳場】。
收銀機	レジスター ⓪ 【register】	＝きんせんとうろくき ⓪【金銭登録機・金銭登録器】。
支付；付款	しはらい ⓪ 【支払い】	支付方式：支払い方式。付訖：しはらいずみ【支払い済み】。
付款	はらう ② 【払う】	付現金：現金で払う。
銀行	ぎんこう ⓪ 【銀行】	

郵局	ゆうびんきょく ③【郵便局】	
自動提款機	エーティーエム ⑤【ATM】	【automatic teller machine】
存摺	よきんつうちょう ④【預金通帳】	
提款卡	キャッシュカード ④【cash card】	
餘額	ざんだか ⑩【残高】	銀行存款餘額：ぎんこうよきんざんだか【銀行預金残高】。
錢	おかね ⓪【御金】	
現金	げんきん ③【現金】	
紙鈔	さつ ⓪【札】	＝しへい ①【紙幣】。
硬幣	コイン ①【coin】	＝こうか ①【硬貨】。
旅行支票	トラベラーズチェック ⑦【traveler's check】	＝りょこうこぎって ⑤【旅行小切手】。
信用卡	クレジットカード ⑥【credit card】	
卡號	ばんごう ③【番号】	

信用卡有效期限	ゆうこうきげん ⑤【有効期限】	
持有人	めいぎにん ⓪【名義人】	
收據	レシート ②【receipt】	一般指收銀機所打出來的收據。
收據	りょうしゅうしょ ⓪【領収書】	
總金額；總額	そうがく ⓪【総額】	=ぜんがく ⓪【全額】。

美髮

中文	日文	備註
髮飾	ヘアアクセサリー ③【hair accessory】	
護髮	ヘアケア ③【hair care】	
護髮	トリートメント ②【treatment】	=ヘアトリートメント。
理髮店	りはつてん ③②【理髪店】	=りようてん ②【理容店】。=とこや ⓪【床屋】。
做頭髮	セット ①【set】	
分（頭髮）	わける ②【分ける】	

剃	そる①【剃る】	剃鬍子：ひげをそる【ひげを剃る】。修臉：かおをそる【顔を剃る】。
電捲器；電熱捲；髮鉗	ヘアアイロン③【（和）hair＋iron】	
電熱髮捲	カートリッジ④①【Cartridge】	
洋娃娃捲髮	おにんぎょうカール⑥【お人形カール】	
捲髮器	ピンカール③【pin curl】	也指髮型。
燙髮	パーマ①【perm】	＝パーマネントウエーブ【permanent wave】。
髮尾燙	けさきまきパーマ⑥【毛先巻きパーマ】	
夾子燙	ピンパーマ③【pin pern】	
彈性燙	ボディパーマ③	
螺旋燙	スパイラルパーマ①⑥【spiral perm】	
扭轉燙	ツイストパーマ⑤【twist perm】	

混合燙	ミックスパーマ [5]【mix perm】	
直髮燙；離子燙	ストレートパーマ [6]【straight perm】	
反捲燙	リバースパーマ [5]【reverse perm】	
染髮	ヘアダイ [3]【hairdye】	也指染髮劑。
染髮	せんもう [0]【染毛】	=せんぱつ [0]【染髮】。
染髮劑	ヘアカラー [3]【hair color】	
染髮劑	カラーリンス [4]【（和）color＋rinse】	洗髮後的暫時性染髮劑。
金髮	きんぱつ [0]【金髮】	=ブロンド [0]【blond】。
茶色髮	ちゃぱつ [0]【茶髮】	
銀髮	ぎんぱつ [0]【銀髮】	
生髮水	いくもうざい [0]【育毛劑】	
洗髮精	シャンプー [1]【shampoo】	
整髮液	せいはつりょう [4]【整髮料】	

保髮水；護髮水	ヘアリキッド ④ 【（和）hair＋liquid】	具黏性液體的男用整髮液。
噴霧式髮膠	ヘアスプレー ④ ⑤ 【hair spray】	
髮蠟；髮油	ポマード ② 【pomade】	一種黏性強的男用髮油。
造型髮蠟	デザイニング ワックス ⑦ 【designing wax】	
男用髮蠟	コスメチック ④ 【cosmetic】	＝チック ①。
柔絲洗髮精	シルキーサプライシャンプー ⑨ 【silky supply shampoo】	
潤絲精	リンス ① 【rinse】	＝ヘアリンス。
潤絲精；潤髮乳	コンディショナー ③ 【conditioner】	＝ヘアコンディショナー。現許多廠商將「リンス」稱爲：コンディショナー。
柔絲潤髮乳	シルキーサプライコンディショナー ⑫ 【silky supply conditioner】	
捲髮慕絲	ヘアムース ③ 【hair mousse】	

髮型	かみがた ⓪【髮形・髮型】	＝ヘアスタイル ④【hairstyle】。
定型噴霧	スタイルキープスプレー ⑨【style keep spray】	
直髮	ストレートヘア ⑥【straight hair】	
平板燙夾	ストレートアイロン ⑥【straight iron】	
平頭	かくがり ⓪【角刈（り）】	
鮑伯頭	ボブ ①【bob】	＝ボップ。長度到後頸齊的短髮。
短髮	ショート ①【short】	長髮：ロング。
中短髮	ミディアム ①【medium】	
中長髮	セミロング ③【（和）semi＋long】	長度約及肩。
長髮	ちょうはつ ⓪【長髮】	
大層次剪法	レイヤードカット ⑥【layered cut】	＝だんカット ③【段カット】。
波浪	ウエーブ ②【wave】	

大波浪	ソバージュ [2]【（法）sauvage】	
羽毛剪	シャギー [1]【shaggy】	
娃娃頭	おかっぱ [0]【御河童】	前髮剪至眉以上,後齊剪至脖子。
瀏海	まえがみ [0]【前髮】	
綁辮子	みつあみ [0]【三つ編み】	=みつぐみ [0]【三つ組（み）】。
馬尾	ポニーテール [4]【ponytail】	
假髮	かつら [0]【鬘】	=ウィッグ [2]【wig】。
中分頭	センターパート [5]【center part】	
飛機頭（男子髮形）	リーゼント [1]【regent】	=リーゼントスタイル [7]【regent style】。
爆炸頭	アフロヘア [4]【Afro-haired】	=アフロ [1]【Afro】。
毛燥的；乾燥的	ぱさぱさ [1][0]	
吹風機	ドライヤー [0][2]【drier】	=ヘアドライヤー [4]【hair dryer】。
捲髮器	こて [0]【鏝】	
推子；剪髮器	バリカン [0]	字源是法國公司：Barriquand et Marre。

電動剪髮器	でんきバリカン⑤【電気バリカン】	
電熱捲髮器	ホットカーラー④【（和）hot＋curler】	
梳子	くし②【櫛】	＝ヘアブラシ③【hairbrush】。
髮梳	コーム①【comb】	
篦梳	すきぐし⓪【梳き櫛】	細齒目梳子，用以去掉髮上的髒物。
髮針；髮夾	ヘアピン⓪【hairpin】	＝ピンどめ③④【ピン留め】。
大髮夾	クリップ①②【clip】	
髮帶	ヘアバンド③【（和）hair＋band】	
髮圈；髮箍	カチューシャ⓪【（俄）Katyusha】	源於托爾斯泰《復活》的女主角之名。
綁髮橡皮筋	ヘアゴム⓪【（和）hair＋（荷）gom】	

各種顏色 ✂

中文	日文	備註
紅色	あか①【赤】	

紅色	レッド [1]【red】	寶石紅：ルビーレッド。
大紅	まっか [3]【真っ赤】	
粉紅色；淡紅色	ピンク [1]【pink】	＝ももいろ [0]【桃色】。木苺粉紅：ラズベリーピンク。
糖果粉紅	シュガーピンク [4]【sugar pink】	粉晶粉紅：ローズクォーツピンク【rose quartz pink】。
橘色	オレンジ [2]【orange】	橘紅色：レッドオレンジ。琥珀橘：こはくオレンジ【琥珀オレンジ】。
橘色	だいだいいろ [0]【橙色】	
金色	ゴールド [1]【gold】	金橘色：ゴールドオレンジ。
銀色	シルバー [1]【silver】	
銅色	どうしょく [0]【銅色】	
黃色	おうしょく [0]【黄色】	＝イエロー [2]【yellow】。
檸檬黃	シトリンイエロー [6]【citrin yellow】	

綠色	グリーン ② 【green】	冰綠色：アイスグリーン。學院綠：カレッジグリーン。
翠綠；祖母綠	エメラルドグリーン ⑦【emerald green】	
苔綠色	モスグリーン ④ 【moss green】	
橄欖石	かんらんせき ③ 【橄欖石】	=ペリドット 【peridot】。
橄欖綠	ペリドットグリーン ⑦【peridot green】	
哈密瓜色	メロンいろ ⓪ 【melon色】	
粉藍；淡藍色	ベビーブルー ⑤ 【baby blue】	歐美嬰兒服顏色，加綠色調的淡藍色。
青綠色	ターコイズブルー ⑦【turquoise blue】	帶亮綠的藍色。
藍	あお ① 【青】	
藍色	ブルー ② 【blue】	
深藍色	こん ① 【紺】	
海軍藍；深藍	ネービーブルー ⑥【navy blue】	

紫色	パープル [1] 【purple】	=ししょく [0]【紫色】 [0]。=むらさきいろ [0]【紫色】。櫻桃紫：チェリーパープル。
紫色	バイオレット [1][4] 【violet】	藍紫色：ブルーバイオレット。
栗色	マロン [1] 【（法）marron】	=くりいろ【栗色】。
卡其色	カーキいろ [0] 【カーキ色】	
茶色	ちゃいろ [0] 【茶色】	深棕色：こげちゃいろ【焦げ茶色】。
褐色	かっしょく [0] 【褐色】	更暗的茶色。
淺褐色；米黃色	ベージュ [0] 【（法）beige】	染色或漂白前的天然羊毛色。
咖啡色	ブラウン [2] 【brown】	
白色	しろ [1]【白】	
純白	じゅんぱく [0] 【純白】	
灰色	グレー [2] 【gray; grey】	=はいいろ [0]【灰色】。=ねずみいろ [0]【鼠色】。
灰白色	オフホワイト [4] 【off-white】	稍帶灰色和黃色的白。

深灰色	チャコールグレー ⑥【charcoal gray】	
淡的；亮的	ライト ①【light】	加在其他外語前形成複合語，表明亮的，淡的。淡藍色：ライトブルー。淡咖啡色：ライトブラウン。淡綠色：ライトグリーン。
深的；暗的	ダーク ①【dark】	深藍色：ダークブルー。深咖啡色：ダークブラウン。深灰色：ダークグレー。
黑色	くろ ①【黒】	
天然的	ナチュラル ①【natural】	天然的顏色：ナチュラルないろ【ナチュラルな色】。

第 2 章

流行訊息

外衣類 ✂

中文	日文	備註
服裝	ふくそう ⓪ 【服裝】	
水兵服	セーラーふく ③ 【セーラー服】	＝すいへいふく ③ 【水兵服】。
上衣類的總稱	アウターウエア ⑥【outerwear】	＝アウトウエア。
上半身服裝	トップス ① 【tops】	
衣著；衣服	ウエア ② 【wear】	
外衣	うわぎ ⓪ 【上着・上衣】	
成衣	きせいふく ② 【既製服】	
成衣	アパレル ⓪ 【apparel】	
洋裝	ようふく ⓪ 【洋服】	
外衣和內衣間所穿的衣服	なかぎ ② 【中着】	
夾克	ジャケット ②① 【jacket】	
棉質外套	コットン ジャケット ⑤ 【cotton jacket】	

騎士夾克	ライダーズジャケット [6]	
運動夾克	ジャンパー [1]【jumper】	＝ブルゾン [1]【（法）blouson】。
背心裙	ジャンパースカート [6]【（和）jumper＋skirt】	
皮夾克	かわジャン [0]【革ジャン】	「革ジャン」的「ジャン」指ジャンパー。
雙面服	リバーシブル [2]【reversible】	
雙面短外套	リバーシブルジャンパー [7]【reversibe jumeper】	
雙面夾克	リバーシブルジャケット [7]【reversibe jacket】	
翻領雙排釦外套	ピーコート [3]【pea coat】	主要是厚羊毛夾克。
大衣	コート [1]【coat】	
大衣；外套	オーバーコート [5]【overcoat】	＝オーバー [1]【over】。防寒用厚大衣。
外套	がいとう [0]【外套】	

薄外套	スプリングコート [6]【（和）spring＋coat】	＝スプリング [0][3]【spring】。 ＝トップコート [4]【topcoat】。
毛皮外套	ファーコート [4]【fur coat】	
鋪棉外套	キルティングコート [6]【quilting coat】	
仿羊皮大衣	フェイクムートンコート [8]【fake mouton coat】	
羽絨衣	ダウンジャケット [4]【down jacket】	
羽絨外套	ダウンコート [4]【down coat】	
牛仔外套	ジーンズジャンパー [5]【（和）jeans＋jumper】	＝ジージャン。
運動短外套	スタジアムジャンパー [6]【（和）stadium＋jumper】	＝スタジャン [0]。
及膝羊毛外套	ひざたけウールコート [8]【膝丈ウールコート】	
短大衣	ハーフコート [4]【（和）half＋coat】	

37

流行訊息

風衣	ダスターコート ⑤【（和）duster ＋coat】	
風衣	トレンチコート ⑤【trench coat】	雙排扣有同布料腰帶的短大衣。
混色粗花呢毛衣	ミックスツイード ⑤【mix tweed】	
女洋裝；女禮服	ドレス①【dress】	(1)服裝的總稱，尤其指婦女的洋服。(2)又指連身形式的優雅婦人服。
孕婦服	マタニティードレス⑥【maternity dress】	
婦女晚禮服	イブニングドレス⑥【evening dress】	＝イブニング①【evening】。
小禮服	カクテルドレス⑤【cocktail dress】	比イブニングドレス簡略，晚上非正式宴會、半正式宴會所穿。
新娘禮服	ウエディングドレス⑥【wedding dress】	
家常服；便服	ふだんぎ②【普段着】	

外出服	まちぎ [0] 【街着】	＝がいしゅつぎ 【外出着】。
服式	ルック [1] 【look】	
流行服式	ニュールック [3] 【new look】	
平常服式	カジュアルルック [5]【casual look】	
燕尾服	えんびふく [3] 【燕尾服】	
成套西裝	みつぞろい [3][0] 【三つ揃い】	上衣、褲子、背心 三件成套的西服。
西式套裝	スーツ [1] 【suit】	男為衣、褲；女為 衣、裙。
蝴蝶結套裝	ボーつきツイン セット [8] 【ボー付きツイ ンセット】	
制服	ユニホーム [3][1] 【uniform】	
背心	チョッキ [0]	語源可能是 【jacket】。
襯衫	シャツ [1] 【shirt】	
白襯衫	ホワイトシャツ [5]【white shirt】	＝ワイシャツ [0]。
開襟襯衫	かいきん シャツ [5] 【開襟シャツ】	

女性無袖貼身襯衣	シュミーズ ② 【（法）chemise】 =シミーズ。
水手領襯衫	セーラーカラーシャツ ⑧【sailor collar shirt】
方領罩衫	スクエアネックスモック ⑨【square neck smock】
高領罩衫	ハイネックブラウス ⑥【high-necked blouse】
立領襯衫	スタンドカラーシャツ ⑧【stand-up collar shirt】
無袖衫；背心	タンクトップ ④【tank top】
休閒服	カジュアルウエア ⑥【casual wear】
男性休閒服	メンズカジュアルウェア ⑧【men's casual wear】
女性便服	カジュアルドレス ⑤【casual dress】

馬球衫； POLO衫	ポロシャツ ⓪ 【polo shirt】	
夏威夷衫	アロハシャツ ④ 【aloha shirt】	色彩鮮豔的印花短 袖襯衫，下襬置於 外。
T恤	ティーシャツ ⓪ 【T-shirt】	
少女T恤	ガールズティ シャツ ⑤ 【girls T-shirt】	
橫條紋T恤	ボーダーティシ ャツ ⑤【border T-shirt】	
燈籠袖襯衫	パフスリーブ シャツ ⑦【puff sleeve shirt】	
罩衫	ブラウス ② 【blouse】	
寬罩衫	スモック ② 【smock】	
雪紡罩衫	シフォン ブラウス ⑥ 【（法）chiffon blouse】	
方格紋罩衫	ギンガムスモッ ク ⑥【gingham smock】	
兩件式針織 衫	ツインニット ④ 【twin knit】	
V字領針織 衫	ブィニット ③ 【Vニット】	

西裝	セビロ ⓪【背広】	同一布料所做的上衣和褲子爲一套，分單排釦和雙排釦。如果連西服背心（馬甲）也是同布料，日文則稱爲「三つ揃い」。
毛衣	セーター ①【sweater】	
套頭毛衣	とっくりセーター ⑤【徳利セーター】	
麻花織毛衣	ケーブルニット ⑤【cable knit】	
開襟羊毛衫	カーディガン ③①【cardigan】	毛織、針織無領前開上衣。
連身式服裝	ワンピース ③【one-piece】	多指連身裙。
棉質連身裙	スウェットワンピース ⑦【sweat one-piece】	
襯衫式連身裙	シャツワンピース ⑤【shirt one-piece】	
性感連身裙	セクシーワンピース ⑦【sexy one-piece】	
牛仔連身裙	デニムワンピース ⑥【denim one-piece】	

運動服	スポーツウエア ⑥ 【sportswear】	
運動上衣； 西裝外套	ブレザー ② 【blazer】	輕便的西裝式夾克。
運動衫	スウェット シャツ ⑤ 【sweat shirt】	=トレーナー ⑳ 【trainer】。比賽者等所穿的練習服，多指厚棉布的上衣。
雨衣	レーンコート ④ 【raincoat】	

内衣褲・睡衣類

中 文	日 文	備 註
内衣	したぎ ⓪ 【下着】	=インナー ① 【inner】。 =インナーウエア ⑥ 【inner wear】。 =アンダーウエア ⑥ 【underwear】。指貼身穿的衣物，包括背心、汗衫、短褲、胸罩等。
調整型内衣	ほせいしたぎ ④ 【補正下着】	
内衣；襯衣	はだぎ ③⓪ 【肌着】	
胸圍	きょうい ① 【胸囲】	=バスト ① 【bust】。

胸罩內衣	ブラジャー ② 【brassiere】	=ブラ。胸罩鋼圈：ブラワイヤー（=ワイヤー）。
罩杯	カップ ① 【cup】	3/4罩杯：よんぶんのさんカップ【3/4カップ】。1/2罩杯：にぶんのいちカップ【1/2カップ】。
全罩式胸罩	フルカップ ③ 【fall cup】	
連身內衣	ボディースーツ ④ 【bodysuit】	用以調整體型。
馬甲；背心	ベスト ① 【vest】	=チョッキ=どうぎ ③⓪ 【胴着】。
菱形格紋背心	アーガイルベスト ⑥ 【argyle vest】	
羽絨背心	ダウンベスト ④ 【down vest】	
束腰	ウエストニッパー ⑤ 【waist nipper】	女用調整腰圍的內衣。
女用束腹	コルセット ③① 【corset】	
睡衣	ねまき ⓪ 【寝巻・寝間着・寝衣】	=ナイトウエア ⑤ 【nightwear】。
睡衣	パジャマ ① 【pajamas】	分上、下身的兩件式睡衣。

女襯衣；女睡衣	ランジェリー①【（法）lingerie】	包括スリップ、ネグリジェ等女用襯衣、睡衣。
連身型的女用西式長睡衣；睡袍	ネグリジェ③⓪【（法）neglige】	
女用小可愛內衣；細肩帶背心	キャミソール③【（法）camisole】	＝カミソール③【camisole】。＝キャミ。
無肩帶小可愛	チューブトップ④【tabe top】	
有點透明的罩衫	すけるブラウス⑤【透けるブラウス】	
不透明的內衣	すけないしたぎ⑤【透けない下着】	
蕾絲細肩帶背心	レースキャミ④【lace camisole】	
女性貼身內褲	ショーツ①【shorts】	也指短褲，此時＝ショートパンツ。
迷你短褲	ミニショーツ③【mini shorts】	
女用內褲	パンティー①【pantie; panty】	
低腰內褲	ローカット③【low cut】	

高腰内褲	ハイカット ③ 【high cut】	
生理褲	サニタリーショ ーツ ⑥【（和） sanitary＋ shorts】	
女用丁字褲	タンガ ① 【（葡）tanga】	指女性内褲
男用内褲	ブリーフ ② 【briefs】	
泳裝	みずぎ ⓪ 【水着】	
泳裝	スイムスーツ ④ 【swimsuit】	特指女性泳裝。
兩截式	セパレート ③① 【separate】	
（比基尼 等）兩截式 泳裝	セパレートみず ぎ ⑥【セパレー ト水着】	
比基尼	ビキニ ① 【Bikini】	

褲 類

中文	日文	備註
下半身服裝	ボトムス ① 【bottoms】	指褲子、裙子、褲 裙等。
腰身；腰圍	ウエスト ⓪② 【waist】	

褲子	スラックス② 【slacks】	指和上衣不成套的褲子，原本指輕便寬大的女褲。
褲子	パンツ① 【pants】	＝ズボン。也指內褲或短褲。
五分褲	ハーフパンツ④ 【half pants】	
工作褲	ワークパンツ④ 【work pants】	
褲子	ズボン②① 【（法）jupon】	褲子摺線：ズボンのおりめ【ズボンの折り目】。
短褲	ショートパンツ④ 【short pants】	
男用褲	トラウザーズ② 【trousers】	Trousers在美語中，指用於較正式場合的長褲。
訓練褲	トレーニングパンツ⑦【training pants】	＝トレパン⓪。是日本獨自用法，運動時所穿的長褲。
卡布里褲	カプリパンツ④ 【Capri pants】	窄版且合身的七分褲。因在義大利卡布利島流行而命名。
緊身七分褲	サブリナパンツ⑤【（和）Sabrina +pants】	

卡其七分褲	カーキのパンツ（しちぶたけ）【khakiのpants（七分丈）】	
八分褲	パンタクール④【（法）pantacourt】	為較短的「パンタロン」。
女用喇叭褲	パンタロン①【（法）pantalon】	在日本特指喇叭褲。
斜紋棉布褲	チノパンツ③【chino pants】	＝チノパン。原是方便勞動的男用褲，最來變成人氣休閒褲。
皮褲	レザーパンツ④【leather pants】	
短褲	はんズボン③【半ズボン】	
喇叭褲	らっぱズボン④【喇叭ズボン】	
褲裙	キュロットスカート⑥【（和）（法）culotte＋（英）skirt】	也可只稱「キュロット」①②【（法）culotte】）。
褲襪	パンティーストッキング⑥【（和）panty＋stocking】	＝パンスト。
吊褲帶	ズボンつり②【ズボン吊り】	

吊帶	サスペンダー ③ 【suspender】	（指吊褲帶時）＝ズボンつり②。也指吊襪帶、吊裙帶。
吊帶；襪帶	ガーター ① 【garter】	
吊帶襪	ガーターベルト ⑤ 【garter belt】	
百慕達褲	バミューダパンツ ⑤ 【（和）Bermuda＋pants】	一種不及膝的短褲。＝バーミューダショーツ【Bermuda shorts】。
低腰褲	ヒップハンガー ④ 【（和）hip＋hanger】	＝ローライズパンツ⑥【low-rise pants】。
寬短褲	タップパンツ ④ 【tap pants】	
粗呢短褲	ツイードショートパンツ ⑧ 【tweed short pants】	
棉質褲	スウェットパンツ ⑤ 【sweat pants】	
棉質短褲	スウェットショートパンツ ⑧ 【sweat short pants】	
熱褲	ホットパンツ ④ 【hot pants】	極短的女性用短褲。

長筒伸縮褲；緊身褲	スパッツ② 【spats】	＝カルソン①②。常搭配短裙穿。
束褲	ガードル⓪ 【girdle】	多用於調整體型，以具伸縮性的布材作成。
長束褲	ロングガードル④【long girdle】	
短束褲	ショートガードル④【short girdle】	
直筒褲	ストレート③ 【straight】	
寬鬆直筒褲	ゆったりストレート⑦	
緊身直筒褲	ほそみストレート⑥【細身ストレート】	
牛仔褲	ジーンズ① 【jeans】	
直筒牛仔褲	ストレートデニム⑥【straight denim】	
反摺牛仔褲	ロールアップデニム⑦【roll-up denim】	
洞洞牛仔褲	ダメージデニム⑤【damage denim】	

刷白牛仔褲	いろおちジーンズ ⑤【色落ちジーンズ】
皺摺褲	シャーリングパンツ ⑥【shirring pants】

裙 類

中文	日文	備註
裙子	スカート ②【skirt】	
長裙	ロングスカート ⑤【long skirt】	
百褶裙	プリーツスカート ⑥【pleats skirt】	
箱型褶裙	ボックスプリーツ ⑥【box pleat】	
褶裙	ギャザースカート ⑤【gathered skirt】	
荷葉裙	フリルスカート ⑤【frill skirt】	
緊身裙	タイト ①【tight】	
蓬蓬裙	ふんわりスカート ⑥【（和）ふんわり skirt】	

刺繡裙	ししゅうスカート ⑤【刺繡スカート】
縫綴刺繡裙	ステッチししゅうスカート ⑨【ステッチ刺繡スカート】
A字裙	シンプルだいけいスカート ⑩【シンプル台形スカート】
針織裙	ニットスカート ⑤【knit skirt】
雪紡裙	シフォンスカート ⑤【（法）chiffon skirt】
蛋糕裙	ティアードスカート ⑥【tiered skirt】
迷你裙	ミニスカート ④【miniskirt】
超短迷你裙	マイクロミニスカート ⑧【micro miniskirt】
窄裙	タイトスカート ⑤【tight skirt】
圍裙；工作裙	エプロン ①【apron】

運動裙	スウェット スカート ⑥ 【sweat skirt】	
有肩帶的連身襯裙；長襯裙	スリップ ②① 【slip】	具滑溜感、光澤感，常有蕾絲、緞帶裝飾。用作睡衣或易透光衣物的襯衣。為キャミソール的加長。
胸罩連身襯裙	ブラスリップ③ 【（和）bra＋slip】	女用內衣。
襯裙	ペチコート③① 【petticoat】	＝ペティコート。
橫條紋裙	ボーダースカート ⑥【border skirt】	
直條紋裙	ストライプ スカート ⑦ 【stripe skirt】	
復古印花裙	レトロがらスカート ⑦【レトロ柄スカート】	
小方格裙	ギンガムチェックスカート ⑨ 【gingham check skirt】	
及膝裙	ひざたけスカート ⑥【膝丈スカート】	

流行訊息

衣服配件 ✂

中文	日文	備註
服飾	ふくしょく ⓪【服飾】	衣服和飾品。
服飾品	ふくしょくひん ⓪【服飾品】	
戴在身上的裝飾品	アクセサリー ①③【accessory】	＝そうしんぐ③【裝身具】。
圍巾	マフラー ①【muffler】	＝えりまき②【襟巻（き）】。
領形圍巾	えりふうマフラー ⑤【衿風マフラー】	
針織圍巾	ニットマフラー ④【knit muffler】	
金蔥圍巾	ラメいりマフラー ⑤【ラメ入りマフラー】	
女用長圍巾	ストール ②【stole】	
毛皮圍巾	ファーマフラー ③【fur muffler】	
絲巾	スカーフ ②【scarf】	圍於脖子、頭、披肩的薄方巾。主要是女性裝飾用的正方形薄布。如是制服一部分則稱：ネッカチーフ。

領巾	ネッカチーフ[4] 【neckerchief】	
印花大手帕	バンダナ[0] 【bandanna】	印度大型的手帕， 可用以代替圍巾。
披肩	かたかけ[0] 【肩掛（け）】	＝ショール[1] 【shawl】。
領帶	ネクタイ[1] 【necktie】	
蝴蝶領結	ボータイ[3] 【bow tie】	＝ちょうネクタイ[3] 【蝶ネクタイ】。 ＝ボー。
領帶夾	ネクタイピ ン[0]【（和） necktie＋pin】	＝ネクタイどめ[0] 【ネクタイ留 め】。
胸針	ブローチ[2] 【brooch】	別針式胸針：ピン ブローチ。
胸花	コサージュ[2] 【corsage】	＝コサージ。＝コ ルサージュ。
徽章	バッジ[0] 【badge】	
腰帶；皮帶	ベルト[0] 【belt】	
蕾絲腰帶	レーシー ベルト[5] 【lacy belt】	
圓孔鉚釘腰 帶	パンチングはと めベルト[9] 【Punching belt】	
胸墊	ブラパッド[3] 【bra pad】	

手套	てぶくろ ② 【手袋】
連指手套	ミトン ① 【mitten】
釦子	ボタン ⓪ 【（葡） botão】
釦眼	ボタンホール ④ 【buttonhole】
按釦	ホック ① 【hook】
磁性按釦	マグネットホック ⑥【magnet hook】
鉤扣	かぎホック ③ 【鉤ホック】
袖釦	カフスボタン ④ 【（和）（英） cuffs＋（葡） botão】
拉鍊	ファスナー ①　＝ジッパー ① 【fastener】　　【zipper】。
有拉鏈的小包包	ファスナーポーチ ⑤【fastener pouch】
拉鍊	チャック ① 【chuck】

隱形拉鏈	コンシール ファスナー 6 【（和） conceal＋ fastener】	
面紗	ベール 1 【veil】	＝めんしゃ 1【面 紗】。

和服類

中文	日文	備註
和服	ごふく 0 【呉服】	和服用的織品總 稱，也指絲織品。
和服店	ごふくや 0 【呉服屋】	
衣服；和服	きもの 0 【着物】	衣服，或指相對於 西服的和服，尤指 長和服。
長和服	ながぎ 0 【長着】	長及腳踝的長和 服。
長袖和服	ふりそで 0 【振袖】	袖子較長的和服， 是未婚女性的禮 服。
短袖和服	とめそで 0 【留袖】	袖子較短的和服， 是已婚女性的禮 服。
會客和服	ほうもんぎ 3 【訪問着】	和服中婦女略式禮 服。正月和正式拜 訪時穿。

和服的短外褂	はんてん③【半纏・袢纏】	和羽織類似，但無胸紐。日本各式祭典的參與者會穿著。職人、商人所穿著的背面印有家號、氏名、店名的半纏則稱爲：しるしばんてん【印半纏/印半天】。有些祭典中穿來跳舞的較長半纏稱爲：ながばんてん【長半天・長伴纏】。
外褂	はおり⓪【羽織】	和服的短外套。
浴衣	ゆかた⓪【浴衣】	一種夏季或入浴後穿的棉製薄和服。
和服褶裙；和服褲裙	はかま③【袴】	外形像裙，但和褲子一樣有分股。
銘仙綢	めいせん③⓪【銘仙】	平紋的絲綢，因耐用便宜，常用作女性的日常便服。
特等縐綢	おめしちりめん④【御召縮緬】	據說原本是貴族等有身分的人在穿的。
和服的腰帶	おび①【帶】	
友禪染	ゆうぜんぞめ⓪【友禅染（め）】	染上花鳥，花卉等的一種絲綢織品，是日本獨特染織。

和服配件

中 文	日 文	備 註
木屐	げた[0]【下駄】	
和式小提包	きんちゃく[34]【巾着】	＝きんちゃくぶくろ【巾着袋】。
包袱巾	ふろしき[0]【風呂敷】	包東西的正方形布。
摺扇	せんす[0]【扇子】	＝おうぎ[3]【扇】。
團扇	うちわ[2]【団扇】	
髮簪	かんざし[0]【簪】	
纏頭巾；頭巾	はちまき[2]【鉢巻（き）】	常用來展現心情的頭帶。

樣 式

中 文	日 文	備 註
男用的	メンズ[0]【men's】	和其他字結合成複合語，意爲：男性用的、男生的。在服飾區表賣男性服裝。
女用的	レディース[0]【ladies'】	和其他字結合成複合語，意爲：女性用的、女生的。如在服飾區出現，則表賣女性服裝。

男女兩用休閒服	ユニセックスカジュアルウェア [11]【unisex casual wear】	
少女服飾	ガールドレス [4]【girl dress】	
正式服裝	フォーマルウエア [6]【formal wear】	=フォーマル[1]。
情侶裝	ペアルック [3]【（和）pair＋look】	
兩件式服裝	ツインセット [4]【twin-set】	
套裝	ツーピース [3]【two-piece】	指衣、裙組成一套，且同布料的女裝。
長袖	ながそで [04]【長袖】	
短袖	はんそで [04]【半袖】	
七分袖	しちぶそで [3]【七分袖】	
無袖	ノースリーブ [4]【（和）no＋sleeve】	=スリーブレス[2]。=ノースリ[0]。=そでなし[0]【袖無し】。
反摺	ロールアップ [4]【roll-up】	指洋裝的袖子和褲腳向上捲。

衣領	えり ② 【襟・衿・領】	西服的衣領也稱：カラー ① 【collar】。
領釦	えりボタン ③ 【襟ボタン】	
打摺；縫褶	タック ① 【tuck】	
布料自然下垂狀態；垂墜邊	ドレープ ② 【drape】	
前開襟	まえあき ⓪ 【前開き】	
領圍	くびまわり ③ 【首回り】	
領子周圍；領邊	えりもと ⓪④ 【襟元】	
方領	スクエアネック ⑤ 【square neck】	
立領	スタンドカラー ⑤ 【stand-up collar】	=たちえり ⓪② 【立（ち）襟】。
釦領	ボタンダウン ④ 【button-down】	=ボタンダウンカラー 【button-down collar】。
領口；開領	えりぐり ⓪ 【襟刳】	
領口；領型	ネックライン ④ 【neckline】	

圓領	まるえり $\boxed{0}$【丸襟・盤領】	＝えんりょう $\boxed{0}$【円領】。圓領襯衫：まるえりシャツ【丸襟シャツ】。
U型領	ユーネックライン $\boxed{6}$【Uネックライン】	
V型領	ブィネックライン $\boxed{5}$【Vネックライン】	
高領	タートルネック $\boxed{5}$【turtleneck】	＝とっくりえり $\boxed{4}$【徳利襟】。
高領	ハイネック $\boxed{3}$【high-necked】	
小高領	オフタートル $\boxed{3}$【和 off＋turtle】	
低腰	ローライズ $\boxed{1}$【low-rise】	＝ローライズパンツ $\boxed{6}$【low-rise pants】。＝ヒップハンガー $\boxed{4}$【（和）hip＋hanger】。
臀部；臀圍	ヒップ $\boxed{1}$【hip】	提臀：ヒップアップ【（和）hip＋up】。
吊帶	ストラップ $\boxed{3}$【strap】	
無吊帶	ストラップレス $\boxed{3}$【strapless】	指無肩帶衣物和泳衣等。

伸縮性：彈性	しんしゅくせい⓪【伸縮性】	彈性佳：すぐれたしんしゅくせい【優れた伸縮性】。
復古印花	レトロがら⓪【レトロ柄】	復古設計：レトロなインテリア。
緞帶；絲帶	リボン①【ribbon】	
汗	あせ①【汗】	＝スウェット②【sweat】。排汗迅速：あせをすばやくはっさんさせる【汗を素早く発散させる】。
深藍色	るりいろ⓪【瑠璃色】	
明亮的	あかるい⓪③【明るい】	
深色的	ダーク①【dark】	
鮮豔的	あざやか②【鮮やか】	
華麗的	はで②【派手】	
樸素的	じみ②【地味】	

質料

中文	日文	備註
質料	そざい⓪【素材】	以下爲衣服質料。

紡織品	おりもの [23] 【織物】	依原料分為：綿織物、絹織物、毛織物。
織品；布料	ファブリック [1] 【fabric】	
厚布	あつじ [0] 【厚地】	
薄布	うすじ [0] 【薄地】	
毛織品	けおりもの [30] 【毛織物】	
絨毛織品	フリース [2] 【fleece】	絨毛圍巾：フリースマフラー。
羊毛；純毛	ウール [1] 【wool】	＝ようもう [0] 【羊毛】。
染色羊皮	ムートン [1] 【mouton】	＝シープスキン [5] 【sheepskin】。
編織物；針織品	ニット [1] 【knit】	全體針織品的總稱。
針織品	メリヤス [0] 【（西）medias; meias】	直接和肌膚接觸的針織品的稱呼。
皮革	ひかく [02] 【皮革】	＝かわ [2] 【革】。
皮革製品	ひかくせいひん [4] 【皮革製品】	
真皮	ほんがわ [0] 【本革】	

鞣皮	つくりかわ [0] 【作り皮・作り革】	
皮草	けがわ [0] 【毛皮・毛革】	
毛皮；皮草	ファー [1]【fur】	
人造皮革	イミテーション レザー [8] 【imitation leater】	
真皮	ほんがわ [0] 【本革】	
仿造品	フェーク [1] 【fake】	也寫成：フェイク。＝イミテーション [3]【imitation】。
人工皮草；人造毛皮	フェークファー [4]【fake fur】	＝イミテーションファー。
鋪棉的	キルティング [0] 【quilting】	在外層布和裡布間加入綿花或羊毛等，再縫出花樣的手法。
綿織品	めんおりもの [3] [4]【綿織物】	
絲織品	きぬおりもの [3] [4]【絹織物】	日本主要的絲織物有：銘仙、御召縮緬、紬、繻子、天鵝絨等。

撚線綢	つむぎ⓪【紬】	因手撚線粗細不一，故表面較沒光澤，且有小節點，但極耐穿，可穿數代。
緞子	しゅす①【繻子】	＝サテン①【（荷）satijn；（英）satin】。
羽二重	はぶたえ①②【羽二重】	是一種平紋絲織物。柔軟有光澤。
縐綢	ちりめん⓪【縮緬】	
綾子	りんず⓪①【綸子・綾子】	即漢語「綾子」的唐音，絲織品。
衣料	ぬのじ⓪【布地】	做衣服用的布。
布料	きじ①【素地・生地】	原意是原料、本質。故也指：未化粧的肌膚（＝素肌）、未染色加工的布料、陶器的素坯子等。質地細緻：きじがこまかい【生地が細かい】。
預染色	さきぞめ⓪【先染（め）】	指由已染色的紗織布，或染色的絲線織成的布。
西陣織	にしじんおり⓪【西陣織】	京都西陣所織綾、錦、緞子等高級織品總稱。西陣織領帶等可做禮物。

混紡	こんぼう[0]【混紡】	
粗花呢	ツイード[02]【tweed】	用粗的紡毛線織成的紡織品。
粗呢大衣	ツイードコート[5]【tweed coat】	
尼龍	ナイロン[1]【nylon】	尼龍衣料：ナイロンきじ【ナイロン生地】。
塑膠	プラスチック[4]【plastics】	
丹寧布；牛仔布	デニム[1]【denim】	牛仔褲用斜紋粗棉布。牛仔裙：デニムスカート。牛仔外套：デニムジャケット。
吸汗質料	スウェットそざい[5]【スウェット素材】	多爲棉質材。
綿	わた[2]【綿・棉】	木棉科的總稱。
綿花	もめん[0]【木綿】	也指綿花所織成的布料。＝コットン[1]【cotton】。
蠶絲；絲織品	きぬ[1]【絹】	＝シルク[1]【silk】。
府綢	ポプリン[10]【poplin】	原是柞蠶絲所織的綢，質地細密平滑有光澤、耐用，今也有綿、毛、絹、合成纖維等織品。

麻	あさ② 【麻】	=ヘンプ① 【hemp】。也指：大麻、苧麻、亜麻、黃麻等取得的纖維，或以此類纖維製成的線、布。
亞麻	あま① 【亜麻】	
亞麻布	リネン① 【linen】	=リンネル。亞麻纖維所製成的線、布，水分的吸收與排除快，有清涼感。廣泛用於夏天衣物。亞麻線：あまいと⓪【亜麻糸】。
苧麻	ちょま① 【苧麻】	=ラミー① 【ramie】。
合成纖維	ごうせいせんい⑤ 【合成繊維】	
化學纖維	かせん⓪ 【化繊】	=かがくせんい④ 【化学繊維】。
不織布	フェルト⓪ 【felt】	
聚酯；特多龍	ポリエステル③ 【polyester】	聚酯纖維：ポリエステルせんい 【ポリエステル繊維】。
雪紡綢；薄紗	シフォン① 【（法）chiffon】	

印花布；花洋布	サラサ [1][0] 【更紗】	
喬其紗	ジョーゼット [1] 【georgette】	
人造絲	レーヨン [1] 【rayon】	＝スパンレーヨン [4] 【spun rayon】。 則指用人工切短的 人造絲紡成的線或 布。
天鵝絨	ビロード [0] 【（葡） veludo】	＝ベルベット [3] 【velvet】。
天鵝絨；絲絨	ベロア [2][1] 【（法） velours】	
平紋布	ひらおり [0] 【平織（り）】	
斜紋布	あやおり [0] 【綾織（り）】	＝ツイル [1] 【twill】。
嗶嘰布	サージ [1] 【serge】	通常為薄毛織品， 密度較小且具斜 紋。也有綿、絲、 尼龍質料的。
牛津布	オックスフォード [5]【Oxford】	
水手布	シャンブレー [3][1] 【chambray】	有條紋格子的平紋 綿布，吸汗。
印花布	プリント [0] 【print】	

富伸縮性的布或質料	ストレッチ [3] 【stretch】	緊身伸縮：ほそみストレッチ【細身ストレッチ】。

花 紋

流行訊息

中文	日文	備註
花樣；花紋；圖樣	もんよう [0] 【文様・紋様】	＝もよう [0]【模樣】。＝がら【柄】。
幸運草	よつば [0] 【四つ葉】	
鱗紋	うろこがら [0] 【鱗柄】	三角形連續花紋，自古被認爲能驅魔、除厄。
小皮球	てまり [0][1] 【手鞠・手毬】	舊時以線紮成球，可呈現幾何圖案。爲新年時節的代表圖樣之一。
櫻花	さくら [0]【桜】	櫻花花語有優雅的美女、純潔、內在美等，盛開的櫻花象徵豐年。
金魚	きんぎょ [1] 【金魚】	夏季圖樣。
瓢蟲	てんとうむし [3] 【天道虫・瓢虫・紅娘】	日本太陽神稱爲「天道」，故「天道虫」被認爲能帶來幸運。
八仙花；繡球花	あじさい [0][2] 【紫陽花】	夏季圖樣。初夏開花，花會變色。
菊花	きく [2][0]【菊】	秋季圖樣。

迷彩紋	めいさいがら ⓪ 【迷彩柄】	
豹紋	ひょうがら ⓪ 【豹柄】	
碎花紋	こばながら ⓪ 【小花柄】	
條紋	しまがら ⓪ 【縞柄】	大致分爲直條、橫條紋和格子。
直條紋	たてじま ⓪ 【縦縞・竪縞】	
橫條紋	よこじま ⓪ 【橫縞】	
滾邊；橫條紋	ボーダー ① 【border】	橫條紋：ボーダーがら【ボーダー柄】。
格子紋棉布；方格花布	ギンガム ① 【gingham】	
多色條紋	だんだらじま ⓪ 【段だら縞】	各色相間的橫條紋
圓點圖案	みずたま ⓪ 【水玉】	＝ドット ① 【dot】。圓點裙：みずたまスカート【水玉スカート】。圓點裙：ドットプリントスカート。

格子圖案的	チェック [1] 【check】	=チェッカー [1] 【checkers; chequers】。格紋 裙：チェックスカ ート。格子褲：チ ェック柄パンツ。
不規則的	ランダム [1] 【random】	不規則條紋衫：ラ ンダムボーダー。
格子紋	こうし [0] 【格子】	
菱形格紋	アーガイル チェック [6] 【argyle check】	由蘇格蘭的地名而 來，在兩色以上的 菱形格紋上加上斜 格紋。
鑽石般的菱 形圖案	ダイヤ [0][1] 【diamond】	「ダイヤモンド」 的省略。菱形紋針 織品：ダイヤがら のニット【ダイヤ 柄のニット】。
麻花形；螺 旋形	スクリュー [2] 【screw】	麻花織背心：スク リューベスト。
單色	むじ [1]【無地】	

服飾相關用語

中 文	日 文	備 註
件數	まいすう [3] 【枚数】	指衣服、器皿等平 薄物品的件數。

尺寸	すんぽう ⓪ 【寸法】	指長度的尺寸；帽子、鞋子的尺碼、大小等。量上衣的尺寸：うわぎのすんぽう【上着の寸法】をはかる。尺寸錯誤：すんぽうがくるう【寸法が狂う】。
大小尺寸	サイズ ① 【size】	
長度	たけ ② 【丈・長】	
衣長	きたけ ⓪ 【着丈】	
長度及腰	こしたけ ②⓪ 【腰丈】	
下襬	すそ ⓪【裾】	可指上衣下襬及褲子的褲腳。下襬周長：すそまわり【裾周り】。
袖子	そで ⓪【袖】	
袖長	そでたけ ②⓪ 【袖丈】	
袖口	そでぐち ⓪ 【袖口】	
袖頭	カフス ① 【cuffs】	
燈籠袖；公主袖	パフスリーブ ④ 【puff sleeve】	

73

口袋	ポケット ②① 【pocket】	＝ポッケット。
太寬	だぶだぶ ①⓪	指衣服太大太寬，不合身的樣子。
太緊	きゅうくつ ① 【窮屈】	褲子太緊：ズボンがきゅうくつになる【ズボンが窮屈になる】。
小	ちび ①	搭在細肩帶外面等的小外套：ちびカーデ。
肩寬	かたはば ② 【肩幅】	
寬鬆地	ゆったり ③	寬鬆的衣服：ゆったりしたきもの【ゆったりした着物】。
可愛的	キュート ① 【cute】	
性感的	セクシー ① 【sexy】	
合身；適合	フィット ① 【fit】	合身的西裝：からだにフィットしたスーツ【体にフィットしたスーツ】。
合身	ぴったり ③	合身的上衣：ぴったりしたうわぎ【ぴったりした上着】。

| 附帶 | つき[2]
【付き・附き】 | 毛領套衫：ファーつきツインセット【ファー付きツインセット】。 |

| 試穿 | しちゃく[0]
【試着】 | |

| 換衣服；換洗衣物 | きがえ[0]【着替え・着換え】 | |

包包類 ✂

中文	日文	備註
皮包	かばん[0]【鞄】	
皮包	バッグ[1] 【bag】	
名牌包	ブランドバッグ[5]【brand bag】	
（女用）手提包	ハンドバッグ[4]【handbag】	
竹提把包	バンブーバッグ[5]【（和）bamboo＋bag】	手工製提包的一種，提把爲竹材。
皮革包	レザートート[4]【leather tote】	
波士頓（軟式）手提包	ボストンバッグ[5]【Boston bag】	方形底中間爲軟式的旅行用手提包。

肩包	ショルダーバッグ ⑤【shoulder bag】	＝ショルダー ①。側背型女用包包。
錢包	ワーレット ①【wallet】	
錢包	さいふ ⓪【財布】	＝かねいれ ③④【金入れ】。＝パース ①【purse】。
鈔票皮夾	かみいれ ③④【紙入れ】	裝紙鈔用的錢包。
對摺皮夾	ふたつおりさいふ ⑥【二つ折り財布】	
三摺皮夾	みっつおりさいふ ⑥【三つ折り財布】	
零錢包	こぜにいれ ④【小銭入れ】	
零錢包	コインケース ④【coin case】	
大型提包；手提袋	トートバッグ ④【tote bag】	＝トート【tote】。布製的手提包的一種。原為運送冰塊的帆布製的手提包。
棉布包	コットントート ⑤【cotton tote】	
尼龍包	ナイロントート ⑤【nylon tote】	

中文	日文	備註
蘇格蘭包	チェックトート④【check tote】	
牛仔手提包	デニムトート④【denim tote】	
鑰匙包	キーケース③【key case】	
背包	リュックサック④【（德）Rucksack】	=ルックザック。=リュック。=ザック。登山、旅行時，放食物、衣物、裝備等的背包。
小物包	ポーチ①【pouch】	女性放小東西的小包包。
化妝包	けしょうポーチ④【化粧ポーチ】	
腰包	ウエストポーチ⑤【waist pouch】	

帽　類

中文	日文	備註
帽子	ぼうし⓪【帽子】	=ぼう①【帽】。迷彩帽：めいさいぼう【迷彩帽】。針織帽：ニットぼう【ニット帽】。

帽子	ハット_①【hat】	雙面兩用帽：リバーシブルハット。
草帽	ストローハット_⑤【straw hat】	＝むぎわらぼうし_⑤【麦藁帽子】。
軟呢帽	なかおれぼうし_⑤【中折帽】	＝ソフトぼう_③【ソフト帽】。為男用帽。用不織布（氈）製。到二次大戰為止，公務員、公司職員均常戴。
粗呢帽	ツイードぼう_⑤【tweed帽】	
棉質帽	スウェットハット_⑤【sweat hat】	
優雅淑女帽	エレガントふうハット【エレガント風ハット】	
貝雷帽	ベレー_①【（法）b'eret】	＝ベレーぼう【ベレー帽】。無邊扁平圓形帽。以不織布等做成軟帽。
鴨舌帽	キャップ_①【cap】	
針織帽	ニットキャップ_④【knit cap】	
工作帽	ワークキャップ_④【work cap】	

| 尖頂帽 | とんがりぼうし⑤
【尖り帽子】 | |

鞋 類 ✂

中文	日文	備註
鞋類	はきもの⓪ 【履物】	
日式木屐	げた⓪ 【下駄】	
和服用人字拖鞋	ぞうり⓪ 【草履】	
鞋子	くつ② 【靴・沓・履】	
鞋子	シューズ① 【shoes】	多指包覆腳踝的鞋。=たんぐつ⓪ 【短靴】。
鞋後跟	ヒール⓪① 【heel】	細跟鞋：ピンヒール③【pin heel】。
高跟鞋	ハイヒール③ 【high-heeled shoes】	
低跟鞋	ローヒール③ 【low-heeled shoes】	一般指3公分以下。
籃球鞋	バスケットシューズ⑥【basket shoes】	
短筒鞋	たんぐつ⓪ 【短靴】	

長筒鞋；靴子	ながぐつ ⓪【長靴】	
尖頭包鞋	とんがりあたまパンプス ⑧【とんがりあたまpumps】	
楔形底鞋	ウエッジソール ⑤【wedge sole】	只有腳跟部分高的平底鞋。
靴子；高筒鞋	ブーツ ①【boots】	
長筒靴	ロングブーツ ④【long boots】	
半筒靴	ハーフブーツ ④【half boots】	
短筒靴	くるぶしたけブーツ ⑦【踝丈ブーツ】	
輕便鞋	スリッポン ②【slip-on】	皮製、布製都有。
輕便皮鞋	ローファー ①【Loafer】	和「スリッポン」相似，無鞋帶，而代以鬆緊帶固定，為大部分日本學校的指定用鞋。
扣帶鞋	ストラップぐつ ⑥【ストラップ靴】	
休閒鞋	カジュアルシューズ ⑤【casual shoes】	

塑膠鞋	ケミカルシューズ⑤【chemical shoes】	
芭蕾舞鞋	トーシューズ③【toeshoes】	
平底鞋	ペタンコぐつ⑤【ペタンコ靴】	
平底涼鞋	ペタンコサンダル⑤【ペタンコ sandal】	
膠底鞋	ラバーソール④【rubber-soled shoes】	
鏤花淺底女鞋	カットワークパンプス⑦【cutwork pumps】	
包鞋；舞鞋	パンプス◯①【pumps】	
運動鞋	スニーカー②【sneaker】	=うんどうぐつ③【運動靴】。超人氣運動鞋：スーパーヒットスニーカー。
籃球鞋	バスケットシューズ⑥【basket shoes】	=バッシュ。=バッシュー。
慢跑鞋	ランニングシューズ⑥【running shoes】	

涼鞋	サンダル [01]【sandal】	
木製涼鞋	ウッドサンダル [4]【wood sandal】	
高級女用涼鞋	ミュール [1]【（法）mule】	無帶高跟女用涼鞋，有奢華感與高裝飾性的設計。日本自2000年左右開始流行。
繡花涼鞋	はながらししゅうミュール [8]【花柄刺繡ミュール】	
海灘鞋	ビーチサンダル [4]【beach sandals】	
拖鞋	スリッパ [12]【slipper】	

襪　類 ✂

中文	日文	備註
襪子	くつした [24]【靴下・沓下】	也稱為「くつたび」【靴足袋】。
短襪	ソックス [1]【socks】	
長筒襪	ハイソックス [3]【（和）high＋socks】	＝ニーソックス [3]【knee-socks】。長度至膝下的長筒襪。

過膝長襪	オーバーニーソックス[7]【over knee socks】	
泡泡襪	ルーズソックス[4]【（和）loose＋socks】	襪口不用鬆緊帶的鬆垮襪，曾在女高中生間大流行。
船形襪	スニーカーソックス[6]【sneaker socks】	
絲襪	ストッキング[2]【stocking】	
緊身褲襪	タイツ[1]【tights】	
網狀緊身褲襪	あみタイツ[3]【網タイツ】	

首飾類

中文	日文	備註
奢侈品	ぜいたくひん[0]【贅沢品】	
黃金	おうごん[0]【黄金】	
純金	じゅんきん[0]【純金】	
玉	たまいし[0][2]【玉石】	
寶石	ほうせき[0]【宝石】	

珠寶	ジュエリー [1] 【jewelry】	
紅寶石	ルビー [1] 【ruby】	
藍寶石	サファイア [2] 【sapphire】	也是天藍色、寶藍色的意思。
黃寶石	トパーズ [1][2] 【topaz】	=おうぎょく [0] 【黄玉】。
綠寶石	エメラルド [3] 【emerald】	
貓眼石	キャッツアイ [4] 【cat's-eye】	=びょうせいせき [3] 【猫睛石】。 =ねこめいし [3]【猫目石】。
水晶	すいしょう [0] 【水晶・水精】	石英的大結晶。
瑪瑙	めのう [1][0][2] 【瑪瑙】	
珊瑚	さんご [1] 【珊瑚】	
象牙	ぞうげ [0][3] 【象牙】	=アイボリー [1] 【ivory】
翡翠	ひすい [0][1] 【翡翠】	
琥珀	こはく [0] 【琥珀】	
鑽石	ダイヤモンド [4] 【diamond】	=ダイヤ [1][0]。

鑽戒	ダイヤモンドリング [7]【diamond ring】	
克拉	カラット [2][1]【carat; karat】	也是黃金純度的單位K。純金為24K，即24カラット。18カラット即18K金。
珍珠	パール [1]【pearl】	=しんじゅ [0]【真珠】。
珍珠戒指	パールリング [0]【pearl ring】	
（夾式）耳環	イヤリング [1]【earring】	=みみわ [0]【耳輪・耳環】。
穿洞耳環	ピアス [1]【pierce】	=ピアストイヤリング [5]【pierced earrings】。
迷你耳環	プチピアス [3]【（和）（法）petit＋pierce】	
鑽石耳環	ダイヤモンドピアス [7]【diamond pierce】	
項鍊	くびかざり [3]【首飾り・頸飾り】	=くびわ [0]【首輪】。=ネックレス。
項鍊	ネックレス [1]【necklace】	
頸環	チョーカー [1]【choker】	

墜子	ペンダント ① 【pendant】	
手鍊；手環	ブレスレット ② 【bracelet】	
銀手環	シルバーブレスレット ⑧【silver bracelet】	
皮革手環	かわのブレス 【革のブレス】	＝かわのブレスレット【革のブレスレット】。
手鍊；手環	うでわ ⓪ 【腕輪】	＝ブレスレット ② 【bracelet】。
手鐲	バングル ① 【bangle】	無釦的手環。
古董手錶	アンティークうでどけい ⑧ 【アンティーク腕時計】	
戒指	リング ① 【ring】	＝ゆびわ ⓪ 【指輪】。
金戒子	ゴールドリング ⑤ 【gold ring】	
白金戒子	プラチナリング ⑤【（西）platina ring】	
訂婚戒指	エンゲージリング ⑥ 【engagement ring】	＝こんやくゆびわ 【婚約指輪】。

| 婚戒 | マリッジ
リング 5
【marriage
ring】 | ＝けっこんゆびわ 5
【結婚指輪】。
訂製婚戒：【結婚
指輪オーダーメイ
ド】。 |

名牌精品

中文	日文	備註
資生堂	しせいどう 0 【資生堂】	
佳麗寶	カネボウ 3 【KANEBO】	
高絲	コーセー 1 【KOSÉ】	
蘭蔻	ランコム 3 【Lan côme】	
香奈兒	シャネル 1 【Chanel】	
路易威登	ルイビトン 3 【Louis Vuitton】	
古馳	グッチ 1 【GUCCI】	
迪奧	ディオール 0 【christian Dior】	
卡地亞	カルチェ 1 【Cartier】	
凡賽斯	ヴェルサーチ 3 【VERSACE】	＝ベルサーチ。

亞曼尼	アルマーニ [3]【Giorgio Armani】
第凡內	ティファニー [3]【TIFFANY】
愛馬仕	エルメス [1]【HERMES】
費洛加蒙	フェラガモ [0]【Salvatore Ferragamo】
卡文克萊	カルバンクライン [6]【Calvin Klein】
勞力士	ロレックス [2]【ROLEX】
歐米茄	オメガ [1]【OMEGA】
BALLY	バリー [1]
BURBERRY	バーバリー [3]
BVLGARI	ブルガリ [0]
CELINE	セリーヌ [2]
COACH	コーチ [1]
FENDI	フェンディ [1]
Folli Follie	フォリフォリ [4]
MIU MIU	ミュウミュウ [1]
MARC JACOBS	マークジェイコブス [7]
RALPH LAUREN	ラルフローレン [4]

PRADA	プラダ[1]
YSL	イヴサンローラン[5]【Yves Saint Laurent】

流行音樂

中文	日文	備註
音樂	おんがく[1]【音楽】	=ミュージック[1]【music】。
日本音樂	ほうがく[0]【邦楽】	日本人稱自己國內音樂為邦樂。
古典音樂	クラシックおんがく[6]【クラシック音楽】	
流行音樂	ポピュラーミュージック[5]【popular music】	
流行歌曲	ポップス[1]【pops】	=ポピュラーソング[5]【popular song】。
輕音樂	けいおんがく[3]【軽音楽】	
藍調	ブルース[2]【blues】	
鄉村音樂	カントリーミュージック[6]【country music】	

爵士樂	ジャズ ① 【jazz】	
搖滾樂	ロック ① 【rock】	＝ロックンロール ⑤ 【rock 'n' roll】。
拉丁音樂	ラテンおんが く ④ 【ラテン音楽】	
電子音樂	でんしおんが く ④ 【電子音楽】	
節奏藍調	リズムアン ドブルース ⑧ 【rhythm and blues】	
嘻哈音樂	ヒップホップ ④ 【hip-hop】	
歌手	かしゅ ① 【歌手】	
偶像	アイドル ① 【idol】	
音樂傳輸	おんがくはいし ん ⑤ 【音楽配信】	
受歡迎人物	にんきもの ⓪ 【人気者】	

音樂器材

中文	日文	備註
鍵盤樂器	キーボード ③【keyboard】	鍵盤樂器的總稱,多指電子鍵盤樂器。
電子音樂合成器	シンセサイザー ④【synthesizer】	
管樂器	かんがっき ③【管楽器】	
弦樂器;絃樂器	げんがっき ③【弦楽器・絃楽器】	
打擊樂器	だがっき ②【打楽器】	
小喇叭;小號	トランペット ④【trumpet】	
黑管;單簧管	クラリネット ④【clarinet】	
小提琴	バイオリン ⓪【violin】	
吉他	ギター ①【guitar】	
電吉他	エレクトリックギター ⑧【electric guitar】	

USB吉他連接線	ユーエスビーギターリンクケーブル[13]【USB guitar link cable】	連接吉他和電腦的線，可在電腦上錄製所彈奏的音樂。
鋼琴	ピアノ[0]【piano】	
風琴	オルガン[0]【（葡）organ】	
日本樂器	わがっき[2]【和楽器】	
笛	ふえ[0]【笛】	
尺八	しゃくはち[0]【尺八】	
能管	のうかん[0]【能管】	聲音強，而尖銳。
小鼓	こつづみ[0][2]【小鼓】	
大鼓	おおつづみ[3]【大鼓】	
太鼓	たいこ[0]【太鼓】	
羯鼓	かっこ[1][0]【羯鼓】	
琵琶	びわ[1]【琵琶】	
三味線	しゃみせん[0]【三味線】	
和琴	わごん[0]【和琴】	

第 3 章

食品・特產・健康食品

和食類

中 文	日 文	備 註
美食家；饕客	グルメ[1]【（法）gourmet】	
外送	でまえ【出前】[0]	
和食；日本料理	わしょく[0]【和食】	
發源地；原產地	ほんば[0]【本場】	
料理店	りょうてい[0]【料亭】	主要指高級日本料理店。
日本料理廚師	いたまえ[0]【板前】	
菜單	メニュー[1]【（法）menu】	＝こんだてひょう[0]【献立表】。
單點菜單	アラカルト[3]【（法）ala carte】	
一道菜；單品	いっぴんりょうり[5]【一品料理】	也指飯店裡，客人可以根據自己的喜好單點的菜。
醃漬梅	うめぼし[0]【梅干（し）】	
醃黃蘿蔔	たくわん[2]【沢庵】	和食會出現的佐料。
紅生薑片	がり[1]	

食品・特產・健康

昆布	こんぶ[1]【昆布】	
赤飯	せきはん[0][3]【赤飯】	糯米、紅豆做成。
餃子	ギョーザ[0]【餃子】	日本餃子的主流是煎餃。
糯米	もちごめ[0]【糯米】	
海苔	のり[2]【海苔】	
壽喜燒	すきやき[0]【鋤焼（き）】	
大阪燒	おこのみやき[0]【お好み焼（き）】	
大阪燒	おおさかやき[0]【大阪焼（き）】	雖名爲大阪燒，但大阪沒有，主要在關東的攤販販賣。
文字燒	もんじゃやき[0]【もんじゃ焼き】	發源於東京，中央區月島地區最著。
關東煮	かんとうに[0]【関東煮】	
關東煮	おでん[2]【御田】	
黑輪	ちくわ[0]【竹輪】	
關東煮	かんとうだき[0]【関東炊】	關西人稱關東風味的御田。

湯豆腐	ゆどうふ ② 【湯豆腐】	加藥味的湯豆腐，日本所謂藥味多是指有強烈香味的食材。
田樂	でんがく ⓪① 【田楽】	豆腐等塗上味噌後燒烤的料理。
串燒	くしやき ⓪ 【串燒 (き)】	
烤的食物	やきもの ⓪ 【燒 (き) 物】	＝はちざかな ③ 【鉢肴】。尤其指烤魚。
全烤；整烤	まるやき ⓪ 【丸燒 (き)】	烤全鴨：あひるのまるやき【家鴨の丸燒き】。
炸的食物	あげもの ⓪ 【揚 (げ) 物】	
醋漬的食物	すのもの ② 【酢の物】	如：醋漬海帶芽。
蒸的食物	むしもの ②③ 【蒸 (し) 物】	如：茶碗蒸。
燉煮的食物	にもの ⓪ 【煮物】	
佃煮	つくだに ⓪ 【佃煮】	指為保存過剩食物，而用醬油、砂糖、味醂滾煮的烹飪方式，調味重，可提高保存期限。發祥地在東京佃島。
水果	みずがし ③ 【水菓子】	＝くだもの ② 【果物】。

醬菜；醃菜	つけもの[0]【漬物】	各地都有，以京都地區尤著名。
醬菜；醃菜	こうのもの[5][3]【香の物】	
薄鹽醬菜	あさづけ[0]【浅漬（け）】	指醃漬期間短，或用薄鹽醃製的醬菜。
米糠醬菜	ぬかづけ[0]【糠漬（け）】	
蘿蔔	だいこん[0]【大根】	
醃黃蘿蔔	たくあんづけ[0]【沢庵漬（け）】	
大頭菜；蕪菁	かぶら[0]【蕪・蕪菁】	「カブ」的別名。此語主要用於關西。
醃漬大頭菜切片	せんまいづけ[0]【千枚漬（け）】	用鹽、料酒和醋醃的大頭菜切片。
玉米	とうもろこし[3]【玉蜀黍】	=コーン[1]【corn】。
番薯；地瓜	さつまいも[0]【薩摩芋】	=スイートポテト[5]【sweet potato】。
番薯飴	さつまいもあめ[6]【薩摩芋飴】	
洋芋；馬鈴薯	ジャガいも[0]【ジャガ薯】	=ポテト[1]【potato】。

山藥	やまのいも⑤⓪ 【山の芋・薯蕷】	=やまいも⓪【山芋】。包含人工栽培的家山芋：ながいも⓪【長芋・長薯】。
山藥泥	とろろ⓪ 【薯蕷】	
茄子	なす① 【茄子・茄】	
小黃瓜	きゅうり① 【胡瓜・黄瓜】	
高麗菜	キャベツ① 【cabbage】	
紫蘇	しそ⓪【紫蘇】	
雞肉	とりにく⓪ 【鶏肉】	
雞翅	てばさき⓪ 【手羽先】	日本的串燒和熬燉時，常使用。
山產	やまのさち④ 【山の幸】	=やまさち【山幸】。指狩獵而得的鳥獸或採得的山菜。
山菜	さんさい⓪ 【山菜】	山中野生，可食用的植物。
紫萁	ぜんまい⓪ 【薇・紫萁】	蕨類的一種，和「わらび」並稱的日本山菜。
蕨菜	わらび① 【蕨】	
蜂斗菜花莖	ふきのとう④③ 【蕗の薹】	初春天採其花莖食用。

楤木	たらのき [0][1] 【楤の木】	新芽稱爲：たらの め [1]【楤芽】。可 做爲天婦羅材料。
海產	かいさんぶつ [3] 【海産物】	＝かいさん [0]【海 産】。＝うみさち [0] 【海幸】。＝う みのさち [1]【海の 幸】。
魚類和貝類	ぎょかい [0] 【魚介】	
生魚片	さしみ [3] 【刺（し）身】	
烤魚	やきざかな [3] 【焼（き）魚】	是代表性的日本料 理之一。
蒲燒；烤魚 片	かばやき [0] 【蒲焼（き）】	將魚去骨以醬油、 味醂、砂糖、酒等 醃製的烤魚料理。
蒲燒鰻	うなぎのかばや き [0] 【鰻の蒲焼き】	
河豚	ふぐ [1] 【河豚・鰒】	
鯛	たい [1] 【鯛】	日人認爲是魚類之 王，讓人想到「め でたい」，慶祝餐 會上常會出此魚。
金槍魚；鮪 魚	まぐろ [0] 【鮪】	
鮪魚肚	とろ [1]	鮪魚腹側肉，尤其 脂肪多的部分。

香魚	あゆ[1]【鮎】	＝こうぎょ[1]【香魚】。日本河釣的代表魚。夏日釣客愛釣魚種。
鰹魚	かつお[0]【鰹・松魚・堅魚】	有時是「かつおぶし」的省略。
柴魚片	かつおぶし[0]【鰹節】	日本人在醬油和湯汁中加入柴魚以提味，素食者需注意。
青花魚	さば[0]【鯖】	［季］夏。
秋刀魚	さんま[0]【秋刀魚】	體型如刀，也是日本秋天的代表魚種，故寫作「秋刀魚」。
鮭魚	さけ[1]【鮭】	
螃蟹	かに[0]【蟹】	
帝王蟹	たらばがに[3]【鱈場蟹・多羅波蟹】	堪察加擬石蟹，俗稱阿拉斯加帝王蟹、鱈場蟹，分布於日本海、鄂霍次克海至白令海一帶的大型蟹種，殼寬可達28公分，腳部全部展開可達1.8公尺。
魷魚乾	するめ[0]【鯣】	

小魚乾	しらすぼし⓪ 【白子干し・白 子乾し】	日本鰻的幼魚乾。
白小魚乾	ちりめんじゃ こ⑤ 【縮緬雑魚】	=ちりめんざこ⑤ 【縮緬雑魚】。
鹽漬魚卵； 鮭魚子	イクラ⓪① 【（俄）ikra】	多用紅鮭卵。
鱈魚子	たらこ③⓪ 【鱈子】	鹽漬鱈魚卵。
明太子；辣 鱈魚子	めんたいこ⓪③ 【明太子】	福岡的名產，近年 在全日本都可買 到。通常有辣味。
烏魚子	からすみ⓪ 【鱲子】	
蝦子	えび⓪ 【海老・蝦】	
龍蝦	いせえび② 【伊勢海老】	
花枝；烏賊	いか⓪【烏賊】	
牡蠣	オイスター① 【oyster】	=かき① 【牡蠣】。
鮑魚	あわび① 【鮑・鰒】	
蛤蜊	はまぐり②【蛤 ・文蛤・蚌】	
干貝	かいばしら③ 【貝柱】	
飯糰	おにぎり② 【御握り】	=おむすび② 【御結び】。

壽司	すし[1]【寿司・鮨・鮓】	
豆皮壽司	いなりずし[3]【稲荷鮨】	
壽司飯	すしめし[20]【鮨飯】	以鹽、糖、醋調味做壽司用的甜酸飯。
散壽司	ちらしずし[3]【散らし鮨】	放上生魚片、煎蛋、蔬菜、海苔等的壽司飯。
海苔卷	のりまき[2]【海苔巻（き）】	
茶碗蒸	ちゃわんむし[02]【茶碗蒸（し）】	
味噌湯	みそしる[3]【味噌汁】	
（日本料理）清湯	すいもの[0]【吸（い）物】	
湯汁	だしじる[03]【出し汁】	用海帶、柴魚等熬煮出的湯汁。
天婦羅	てんぷら[0]【天麩羅】	魚介類等沾蛋和麵粉後油炸的料理。
可樂餅	コロッケ[12]【（法）croquette】	
乾炸（的食品）	からあげ[04]【空揚（げ）・唐揚（げ）】	不沾粉或只輕沾就炸的料理。

生魚片	さしみ ③ 【刺（し）身】	
生魚片	おつくり ⓪② 【御作り・御造り】	關西人對生魚片的說法。
中碗；小碗	こばち ①⓪ 【小鉢】	
碗	わん ①⓪ 【椀・碗】	
荷包蛋	めだまやき ⓪ 【目玉焼（き）】	常用作西餐食品，日本則是中秋節食品之一，因形似滿月。
蒟蒻	こんにゃく ③④ 【蒟蒻】	
竹輪	ちくわ ⓪ 【竹輪】	
牛蒡	ごぼう ⓪ 【牛蒡】	
金平牛蒡	きんぴらごぼう ⑤ 【金平牛蒡】	＝きんぴら ⓪【金平】。牛蒡絲用麻油炒過，再加入醬油、糖、辣椒等拌煮而成。
麵類	めんるい ① 【麵類】	
烏龍麵	うどん ⓪ 【饂飩】	
蕎麥麵	そば ① 【蕎麦】	一般以蕎麥麵、壽司和天婦羅爲日本料理的代表。

掛蕎麥麵	かけそば ⓪ 【掛け蕎麦】	只加熱湯的蕎麥麵。常加蔥、七味辣椒粉等。
狐蕎麥麵	きつねそば ④ 【狐蕎麦】	關東指加進煮過具甜味的油炸豆腐。
狸蕎麥麵	たぬきそば ④ 【狸蕎麦】	關東等地加炸渣（揚げ玉）。京都加鹵汁及細切的油炸豆腐皮再勾芡，大阪指狐蕎麥麵。
天婦羅蕎麥麵	てんぷらそば ⑤ 【天婦羅蕎麦】	通常指炸蝦天婦羅。
鴨南蠻蕎麥（烏龍）麵	かもなんばん ③ 【鴨南蛮】	加入鴨肉和蔥的湯麵，南蠻指蔥。
肉南蠻蕎麥（烏龍）麵	にくなんばん ③ 【肉南蛮】	加入牛肉或豬肉和蔥的湯麵。
滑茹蕎麥麵	なめこそば ④ 【滑子蕎麥】	也常加入其他菇類。
山菜蕎麥麵	さんさいそば ⑤ 【山菜蕎麥】	
阿龜蕎麥麵	おかめそば ④ 【お亀蕎麦】	加魚板、海苔、蔬菜、香菇等。關西則稱為：しっぽく ⓪【卓袱】。
花卷蕎麥麵	はなまきそば ⑤ 【花巻蕎麦】	以海苔為配料的蕎麥麵。
蕎麥涼麵	ざるそば ⓪ 【笊蕎麦】	一種夏天吃的冷蕎麥麵。
小竹籠蕎麥麵	もりそば ⓪ 【盛り蕎麦】	與「笊蕎麥」的分別為有加海苔。
配料	ぐ ⓪【具】	

拉麵	ラーメン [1] 【老麵・拉麵】	
冬粉	はるさめ [0] 【春雨】	
蛋包飯	オムライス [3] 【（和）omelet ＋rice】	
咖哩飯	カレーライス [4] 【curry and rice; curried rice】	
咖哩	カレー [0] 【curry】	
咖哩粉	カレーこ [0] 【カレー粉】	
懷石料理； 輕食	かいせき [0] 【懷石】	原是禪院於喝茶前 的簡單料理。
雜炊；日式 鹹稀飯	ぞうすい [0] 【雜炊】	加入蔬菜、魚介類 等，並以醬油、味 噌調味。
粥；稀飯	かゆ [0] 【粥】	
泡飯	ちゃづけ [0] 【茶漬（け）】	＝おちゃづけ【お 茶漬け】。＝ちゃ づけめし [3]【茶漬 （け）飯】。飯加 上茶或淡味柴魚、 海帶湯。便利商 店、賣場可買到調 理包。

多層式盒飯；套盒	じゅうばこ $_0$【重箱】	＝じゅう$_1$【重】 ＝おじゅう$_2$【御重】。盛食品用的日式四方形木盒，多漆器。
鰻魚盒飯	うなじゅう$_2$【鰻重】	
蓋飯碗	どんぶりばち$_4$【丼鉢】	＝どんぶり$_0$【丼】。原是大而深的陶製碗，今不限陶製。
鐵板燒	てっぱんやき$_0$【鉄板焼（き）】	
炸豬排蓋飯	カツどん$_0$【カツ丼】	
天婦羅蓋飯	てんどん$_0$【天丼】	
鰻魚蓋飯	うなどん$_0$【鰻丼】	＝うなぎどんぶり$_4$【鰻丼】。
火鍋料理	なべりょうり$_3$【鍋料理】	
日式火鍋；涮涮鍋	しゃぶしゃぶ$_0$	多指牛肉切片沾醬吃的川燙料理。
肉丸子	にくだんご$_3$【肉団子】	＝ミートボール$_4$【meatball】。
菇類；蕈類	きのこ$_1$【茸・蕈・菌】	字源是「木之子」。含可食用與不可食用的所有菇類。

松茸；松蕈	まつたけ [0][3] 【松茸】	日本食用菇類極品，成長速度慢，採集困難。松茸一出地面香氣即散失，須人工在剛露頭時採集。
草菇	ふくろたけ [3] 【袋茸】	
洋菇；雙孢蘑菇	マッシュルーム [4] 【mushroom】	＝つくりたけ [3] 【作り茸】。
金針菇	えのきたけ [3] 【榎茸】	
香菇	しいたけ [1] 【椎茸】	
魚板	かまぼこ [0] 【蒲鉾】	
納豆	なっとう [3] 【納豆】	
炸豆腐皮	あぶらあげ [3] 【油揚（げ）】	＝あげどうふ [3] 【揚（げ）豆腐】。
調理食物；熟食	そうざい [0] 【総菜・惣菜】	多是熟食，且已調理好的食品。
麻糬紅豆湯	しるこ [0][3] 【汁粉】	關東是麻糬淋上紅豆湯。
善哉紅豆湯	ぜんざい [0] 【善哉】	關西的甜食。和「汁粉」相似。

中 文	日 文	備 註
藕粉	かたくりこ 43 【片栗粉】	日本的紅豆湯中會加藕粉。由山慈姑澱粉精製，因產量少，現多用馬鈴薯粉。

洋食類

中 文	日 文	備 註
義大利麵的總稱	パスタ 1 【（義） pasta】	
義大利麵	スパゲッティ 3 【（義） spaghetti】	＝スパゲティ。細長麵，直徑1.7mm或1.8mm。
義大利麵條	ヌードル 1 【noodle】	帶狀麵。
通心麵；通心粉	マカロニ 0 【macaroni】	管麵。
筆管麵	ペンネ 1 【（義） penne】	粗短管狀，尖端像筆尖般斜切。
義大利麵捲	カネロニ 0 【（義） cannelloni】	也有人翻譯成義大利春捲。
生菜沙拉	サラダ 1 【salad】	
義大利餃	ラビオリ 0 【（義） ravioli】	包餡的義大利麵，也稱義大利餛飩。在二片「パスタ」間加入絞肉、細切青菜，有如餃子。

奶油烤菜； 焗烤	グラタン [0][2] 【（法） gratin】	
匹薩	ピザ [1] 【（義） pizza】	
蘋果派	アップルパイ [5] 【apple pie】	
調理包食品	レトルトしょく ひん [5]【レトル ト食品】	
組合式食品	キットしょくひ ん [4]【キット食 品】	
有機食品	オーガニック しょくひん [7] 【オーガニック 食品】	
松露	トリュフ [1] 【（法） truffe】	=せいようしょう ろ [5]【西洋松露】。 具獨特芳香，高級 法國菜食材，因以 豬或狗的嗅覺尋找 而著名。
牛肉	ビーフ [1] 【beef】	
羊肉	ひつじのにく [0] 【羊の肉】	
小羊肉	ラム [1]【lamb】	
小羊排	ラムステーキ [4] 【lamb steak】	

烤肉	ロースト① 【roast】	烤火腿：ロースト ハム。烤雞：ロー ストチキン。烤牛 肉：ローストビー フ。
牛排	ステーキ② 【steak】	＝ビーフステーキ⑤ 【beefsteak】。
豬肋排	スペアリブ④ 【spareribs】	
五花肉	ばらにく②⓪ 【肋肉】	牛、豬的肋骨腹側 肉。
香腸	ソーセージ①③ 【sausage】	＝ちょうづめ⓪④ 【腸詰（め）】
臘腸	サラミ①⓪ 【salami】	由牛豬肉混以豬 油、鹽、蒜等的乾 燥香腸，易於保 存。
火腿	ハム①【ham】	
熱狗	ホットドッグ④ 【hot dog】	
漢堡排	ハンバーグ③ 【Hamburg】	＝ハンバーグ-ステ ーキ⑦【Hamburg steak】。
炸雞	フライドチ キン⑤【fried chicken】	
炸薯條	フライドポテ ト⑤【（和） fried potato】	
洋芋片	ポテトチップ④ 【potato chip】	

中文	日文	備註
爆米花	ポップコーン 4 【popcorn】	
可樂	コーラ 1 【Cola】	
汽水	ソーダ 1 【soda】	
奶昔	シェーク 1 【shake】	＝ミルクーセーキ 4 【milk shake】。
濃湯	ポタージュ 2 【（法）potage】	
湯	スープ 1 【soup】	
清湯	コンソメ 0 【（法）consomme】	多為清燉肉湯。
玉米濃湯	コーンスープ 4 【corn soup】	

調味料・辛香料

中文	日文	備註
調味料	ちょうみりょう 3 【調味料】	
醋	す 1 【酢・醋】	
砂糖	さとう 2 【砂糖】	
醤油	しょうゆ 0 【醤油】	口語上會加「お」而稱為「おしょうゆ」。

香油；麻油	ごまあぶら ③ 【胡麻油】	
味醂；甜料酒	みりん ⓪ 【味醂】	是類似米酒的調味料，含14%～20%的酒精，是具日本風味的調味料。
辛香料	スパイス ② 【spice】	=こうしんりょう ③ 【香辛料】。
胡椒	こしょう ①② 【胡椒】	
辣椒	とうがらし ③ 【唐辛子・唐芥子・蕃椒】	
七味；辣椒粉	しちみとうがらし ⑥ 【七味唐辛子】	以辣椒、芝麻、陳皮、罌粟、油菜子、麻仁、山椒等混合而成。
芝麻	ごま ⓪ 【胡麻】	
芥末	からし ⓪ 【芥子・辛子】	
洋芥末	マスタード ③ 【mustard】	
麻仁（麻的種子）	あさのみ ⓪ 【麻の実】	=ましにん ② 【麻子仁】。
山葵；芥末	わさび ① 【山葵】	
花椒；秦椒	さんしょう ⓪ 【山椒】	

薑	しょうが ⓪【生姜・生薑】	=はじかみ ⓪【薑】。
大蒜	にんにく ⓪【大蒜・蒜・葫】	=ガーリック ①【garlic】。
蔥	ながねぎ ⓪③【長葱】	
洋蔥	たまねぎ ③【玉葱】	=オニオン ①【onion】。
肉桂	シナモン ①【cinnamon】	=セイロンニッケイ（セイロン是卡布奇諾咖啡和蘋果派等用的香料。
肉桂	にっけい ⓪①【肉桂】	
荳蔻	ナツメグ ⓪③【nutmeg】	主要加於肉食。
調味醬	ソース ①【sauce】	指西洋料理所用的調味醬。
白色辣醬	ベシャメルソース ⑤【béchamel sauce】	
番茄醬	ケチャップ ②①【ketchup】	
美乃滋	マヨネーズ ③【（法）mayonnaise】	
酸的	すっぱい ③【酸っぱい】	
甜的	あまい ⓪②【甘い】	

苦的	にがい ② 【苦い】	
辣的	からい ② 【辛い・鹹い】	也指鹹的。
清淡的	さっぱり ③	清淡的食物：さっぱりした食べ物。
油膩的	あぶらっこい ⑤ 【脂っこい・油っこい】	

零食・點心

中文	日文	備註
糖果；糕點	かし ① 【菓子】	＝おかし 【お菓子】。
點心	おやつ ② 【御八つ】	
日式糖果糕點	わがし ② 【和菓子】	依水分含量分為乾菓子、生菓子、半生菓子。
乾菓子	ひがし ② 【干菓子】	含水分20%以下的菓子，原則配薄茶。
生菓子	なまがし ⓪ 【生菓子】	含水分30～40%以上的和菓子。如餅菓子、蒸菓子、饅頭等。
半生菓子	はんなまがし ⑤ 【半生菓子】	水分在乾菓子、生菓子間，如最中、石衣等，餡外覆較硬的糖衣、糯米薄皮。

餅菓子	もちがし ③ 【餅菓子】	以麻糬和餡爲材料的和菓子。包括切山椒、大福、柏餅、草餅等。
著名的糖果糕點	めいか ① 【銘菓】	
糯米粉	しらたまこ ④⓪ 【白玉粉】	
精製米粉	じょうしんこ ③⓪ 【上新粉・上糝粉】	精白米磨成的細粉。
黃豆粉	きなこ ① 【黃な粉】	
葛粉	くずこ ③⓪ 【葛粉】	加葛粉製成的菓子多呈半透明。
麵粉	こむぎこ ⓪③ 【小麦粉】	
水飴	みずあめ ⓪③ 【水飴】	主成分爲麥芽糖,常態透明,揉過含空氣則呈銀白色。
求肥	ぎゅうひ ⓪ 【求肥・牛皮】	常用作和菓子的皮,主要成分是蒸過的糯米粉、砂糖、水飴等,吃起來口感Q。
餡	あん ①【餡】	=あんこ ①【餡こ】。和菓子以紅豆餡最常見。此外也有四季豆、番薯、栗子、百合根等的餡。

食品・特產・健康

豆沙	こしあん ③ 【漉し餡】	
白豆沙餡	しろあん ③ 【白餡】	
紅豆	あずき ③ 【小豆】	
四季豆	いんげんまめ ③ 【隱元豆】	
栗子	くり ② 【栗】	=マロン ①【（法） marron】。
百合根	ゆりね ⓪ 【百合根】	可食用的百合鱗 莖。
寒天；洋 菜；石花菜	かんてん ③⓪ 【寒天】	
杏仁豆腐	あんにんどう ふ ⑤ 【杏仁豆腐】	日式中華點心料 理。成分是寒天加 杏仁粉凝固，淋水 果糖漿（シロッ プ）。
果子露；水 果糖漿	シロップ ①② 【（荷） siroop】	
蒸菓子	むしがし ③【蒸 （し）菓子】	包括饅頭、蒸羊 羹、外郎等。
外郎	ういろう ⓪ 【外郎】	米磨成粉狀加黑砂 糖等的蒸菓子。
麻糬；年糕	もち ⓪ 【餅】	
鏡餅；圓形 年糕	かがみもち ③ 【鏡餅】	大小二個相疊，新 年時供神用。

椿餅	つばきもち③【椿餅】	二片茶花葉包著的麻糬。
鶯餅	うぐいすもち④【鶯餅】	一種撒上青豆粉的豆餡糕點，因顏色形狀似鶯故名。
櫻餅	さくらもち③④【桜餅】	用鹽漬的櫻花樹葉包覆的一種和菓子。
切山椒	きりざんしょう③⓪【切（り）山椒】	麻糬類的菓子，加糖和山椒粉等，切成細長形，為新年食品。
大福	だいふく④【大福】	＝だいふくもち④【大福餅】。中間包餡的麻糬類和菓子。
草餅	くさもち②【草餅】	＝よもぎもち③【蓬餅】。加入艾草葉的麻糬。三月三日女兒節用作祝賀用。
柏餅	かしわもち③④【柏餅】	五月五日供神用。用槲樹葉包的帶餡麻糬。
蕨餅	わらびもち③【蕨餅】	將蕨粉加入糯米粉做成的麻糬。沾蜜及黃豆粉吃。多夏天食用。
菱餅	ひしもち⓪②【菱餅】	三月三日女兒節用紅、白、綠三色疊在一起的菱形黏糕。

羽二重餅	はぶたえもち ③④ 【羽二重餅】	福井縣福井市銘菓。
練切	ねりきり ⓪ 【練（り）切り・煉り切り】	在白豆沙餡內加上求肥以增加豆沙黏合力，可配合造型、季節加入各種顏色，做出各種美麗、高雅和菓子。
石衣	いしごろも ③ 【石衣】	屬半生菓子。
最中餅	もなか ① 【最中】	是一種在兩片糯米薄皮間包餡的和菓子。
羊羹	ようかん ① 【羊羹】	
蒸羊羹	むしようかん ③ 【蒸（し）羊羹】	
水羊羹	みずようかん ③ 【水羊羹】	主要成分爲寒天、豆沙。適合夏天冰著吃。
落雁	らくがん ② 【落雁】	干菓子的一種。類台灣的綠豆糕，可押出各種型狀。
山川	やまかわ ② 【山川】	松江銘菓。日本三大銘菓之一。
越之雪	こしのゆき ④ 【越の雪】	新潟縣長岡市名物。日本三大銘菓之一。

長生殿	ちょうせいでん③【長生殿】	石川縣金澤市的和菓子。日本三大銘菓之一。
葛切	くずきり◎④【葛切り】	葛切是葛粉作的，類台灣的粉條。
葛餅	くずもち②【葛餅】	
葛饅頭	くずまんじゅう③【葛饅頭】	也稱水饅頭。
紅豆包子	あんまん◎【餡饅】	
紅豆餅	いまがわやき◎【今川焼（き）】	台灣稱作車輪餅。日文又稱作「大判燒き」、「太鼓燒き」、「どんどん燒き」。
鯛魚燒	たいやき◎【鯛焼（き）】	也譯成鯉魚燒，外型為魚。
人形燒	にんぎょうやき◎【人形焼】	日本東京淺草寺特產。多做成七福神外型。
輕羹	かるかん◎【軽羹】	鹿兒島縣的銘菓。
日式饅頭	まんじゅう③【饅頭】	
金鍔燒	きんつばやき◎【金鍔焼（き）】	＝きんつば【金鍔】。是一種紅豆餡點心。
銅鑼燒	どらやき◎【銅鑼焼（き）】	哆啦A夢最喜歡吃的食物。

綿花糖	わたがし③② 【綿菓子】	東日本多稱爲わたあめ（綿飴）。
餡蜜	あんみつ⓪ 【餡蜜】	加紅豆餡的什錦甜涼粉。
米花糖	おこし②	以糯米、粟子爲主，淋上糖漿和砂糖後的板狀點心。也有加芝麻、花生、大豆的。
仙貝	せんべい① 【煎餅】	
章魚燒	たこやき⓪ 【蛸焼（き）】	大阪為其發源地。
丸子	だんご⓪ 【団子】	由中國傳入的湯圓變化而成。
串丸子	くしだんご③ 【串団子】	
賞月湯圓	つきみだんご④ 【月見団子】	中秋節時吃的一種湯圓。
吉備丸子	きびだんご③ 【黍団子・吉備団子】	桃太郎也愛吃的丸子。
御手洗丸子	みたらしだんご⑤ 【御手洗団子】	以竹籤串數個丸子。最初是沾醬油食用後來，後來也有表面沾葛餡的。
粽子	ちまき⓪【粽】	
銘菓	めいか① 【銘菓】	有特別名稱的上等糖果糕點。

西式糖果糕點	ようがし ③【洋菓子】	主要指明治以後傳入的洋風菓子。可分為：(1)蛋糕、餅乾等「燒き菓子」。(2)巧克力、糖果等「砂糖菓子」。(3)冰淇淋等「冷菓・氷菓」。
燒烤類糕點	やきがし ③【燒（き）菓子】	
冰品	れいか ①【冷菓】	
冰品	こおりがし ④【氷菓子】	
奶茶	ミルクティー ④【milk tea】	
長崎蛋糕；蜂蜜蛋糕	カステラ ⓪【（葡）castella】	
磅蛋糕	パウンドケーキ ⑤【pound cake】	原是用糖、奶油、麵粉各一磅製成的長崎蛋糕風的蛋糕。
戚風蛋糕	シフォンケーキ ④【chiffon cake】	
起司蛋糕	チーズケーキ ④【cheesecake】	

瑞士捲	ロールケーキ④【（和）roll＋cake】	英語為Swiss roll有抹果醬時稱作jell roll。
海綿蛋糕	スポンジケーキ⑤【sponge cake】	
麵包	パン①【（葡）pão】	
法國麵包	フランスパン⓪④【（和）（英）France＋（葡）pão】	
吐司	トースト①⓪【toast】	
奶油	バター①【butter】	
果醬	ジャム①【jam】	
冰淇淋	アイスクリーム⑤【ice cream】	
霜淇淋	ソフトクリーム⑤【（和）soft＋cream】	
（冰淇淋的）錐形蛋捲筒	コーン①【cone】	
冰沙	シャーベット①【sherbet】	

冰棒	アイスキャンデー④【（和）ice +candy】	
刨冰	かきごおり③【欠（き）氷】	
甜點	デザート②【dessert】	
餅乾	ビスケット③【biscuit】	
小餅乾；曲奇餅	クッキー①【cookie】	
維化餅乾；薄餅乾	ウエハース②【wafers】	=ウエーファー。=ウェファース。有時霜淇淋也會加這種餅乾。
烤餅；司康	スコーン②【scone】	中文又稱英國茶餅、英國鬆餅。
水果塔；水果餡餅	タルト①【（法）tarte】	將烤好的派皮，放上奶油和水果等。類「蛋塔」（egg tart）。
蛋糕捲	タルト①【（荷）taart】	以長崎蛋糕捲起柚子餡的糕點。是日本愛媛縣松山市的名產。
泡芙	シュークリーム④【（法）chou à la crème】	
布丁	プリン①⓪【pudding】	=プディング。

果凍	ゼリー [1] 【jelly】	
蛋奶酥	スフレ [1] 【（法） soufflé】	
蒙布朗	モンブラン [1] 【Mont Blanc】	Mont Blanc原指法義間阿爾卑斯山的最高峰。
慕斯	ムース [1] 【moose】	
巧克力	チョコレート [3] 【chocolate】	神戶的「なまチョコレート【生チョコレート】」及北海道的「しろいこいびと【白い恋人】」是很好的小禮物。
糖果	キャンデー [1] 【candy】	＝キャンディー。
水果糖；糖球	ドロップ [2][1] 【drop】	《螢火蟲之墓》的妹妹節子愛吃的鐵盒糖果。
牛奶糖	キャラメル [0] 【caramel】	
牛軋糖	ヌガー [1] 【（法） nougat】	
酒心巧克力	ボンボン [1][3] 【（法） bonbon】	中間包果汁、白蘭地、威士忌等的酒心巧克力的夾心糖。

薑糖	しょうがとう ⓪ 【生姜糖】	伊勢神宮的「伊勢の生姜糖」普及全日。
黑砂糖	くろざとう ③ 【黒砂糖】	沖繩的特產。

各種口味

中文	日文	備註
香蕉	バナナ ① 【banana】	
草莓	いちご ⓪① 【苺・莓】	
草莓	ストロベリー ④ 【strawberry】	和外來語連接時，草莓也常用外來語。
藍莓	ブルーベリー ④ 【blueberry】	
小紅莓	クランベリー ④ 【cranberry】	
木莓；覆盆子	ラズベリー ③① 【raspberry】	
白巧克力	ホワイトチョコレート ⑦【white chocolate】	
起司	チーズ ① 【cheese】	
堅果	ナッツ ① 【nuts】	＝ナット ①。
核桃；胡桃	くるみ ⓪③ 【胡桃】	

食品・特產・健康

杏仁果	アーモンド [1][3]【almond】	
腰果	カシュー [1]【cashew】	
開心果	ピスタチオ [3]【（義）pistachio】	
栗子	くり [2]【栗】	
落花生	らっかせい [3][0]【落花生】	＝ナンキンマメ [3]。
花生	ピーナツ [1]【peanuts】	尤指去皮，並以奶油、鹽調味的花生。
西洋榛	ヘーゼル [1]【hazel】	榛果：ヘーゼルナッツ [5]【hazelnut】。
香草精	バニラエッセンス [4]【vanilla essence】	
焦糖	カラメル [0]【（法）caramel】	
杏桃；杏仁	アプリコット [4]【apricot】	＝あんず [0]【杏子・杏】。
水蜜桃	すいみつとう [0]【水蜜桃】	
薄荷	はっか [0]【薄荷】	＝ミント [1]【mint】。
椰子	やし [1]【椰子】	
薫衣草	ラベンダー [2]【lavender】	

玫瑰；薔薇　ばら [0]
　　　　　　【薔薇】

飲料・酒

中文	日文	備註
飲料	ドリンク [2]【drink】	
無酒精飲料	ソフトドリンク [5]【soft drink】	指不含酒精成分的飲料。
可可	ココア [1][2]【cocoa】	
咖啡	コーヒー [3]【（英）coffee；（荷）koffie】	
美式咖啡	アメリカン [2]【American】	=アメリカンコーヒー【（和）American＋coffee】。
黑咖啡	ブラック [2]【black】	=ブラックコーヒー [5]【black coffee】。
藍山咖啡	ブルーマウンテン [4]【Blue Mountain】	
義式濃縮咖啡	エスプレッソ [4]【（義）espresso】	
卡布奇諾咖啡	カプチーノ [3]【（義）cappuccino】	

咖啡歐蕾	カフェオレ[0]【（法）café au lait】	
拿鐵	カフェラテ[4]【（義）caffellatte】	=カフェラッテ[3]。加入溫牛奶的咖啡，通常是義式濃縮咖啡。
愛爾蘭咖啡	アイリッシュコーヒー[6]【Irish coffee】	加愛爾蘭威士忌的咖啡。
茶；紅茶	ティー[1]【tea】	茶具組：ティーセット。
茶包	ティーバッグ[3]【tea bag】	
果汁	ジュース[1]【juice】	
綜合果汁	ミックスジュース[5]【mixed juice】	
柳橙汁	オレンジジュース[5]【orange juice】	
葡萄汁	グレープジュース[5]【grape juice】	
酒	アルコール[0]【（荷）alcohol】	酒精飲料則稱為「アルコール飲料[6]」。
釀造酒	じょうぞうしゅ[3]【釀造酒】	

蒸餾酒	じょうりゅうしゅ[3]【蒸留酒】	
酒	さけ[0]【酒】	指日本酒。以米釀造而成。分「清酒」和「濁酒」。
清酒	せいしゅ[0]【清酒】	一般所指的日本酒指清酒，釀造米酒。
濁酒	だくしゅ[0][1]【濁酒】	
燒酒	しょうちゅう[3]【焼酎】	蒸餾酒。
白甜酒	しろざけ[0]【白酒】	女兒節時所用的供酒。
葡萄酒	ワイン[1]【wine】	
利口酒；餐後甜酒	リキュール[2]【（法）liqueur】	
苦艾酒；綠仙子	アブサン[1]【（法）absinthe】	利口酒的一種，70度左右，呈綠色。
香檳	シャンパン[3]【（法）champagne】	
雞尾酒	カクテル[1]【cocktail】	＝コクテール[3]【cocktail】。
白蘭地	ブランデー[0][2]【brandy】	
琴酒	ジン[1]【gin】	

伏特加	ウォッカ ② 【（俄）vodka】	=ウォッカ、ウオトカ等，俄羅斯的代表酒。
威士忌	ウイスキー ③④② 【whisky】	
龍舌蘭酒	テキーラ ② 【（西）tequila】	
水果酒	かじつしゅ ③ 【果実酒】	
梅子酒	うめしゅ ◎ 【梅酒】	

日本茶道

中文	日文	備註
茶道	さどう ① 【茶道】	
點茶（儀式）	てまえ ◎ 【手前】	茶道的禮法：ちゃのてまえ【茶の手前】。
日本茶	にほんちゃ ◎ 【日本茶】	相對於紅茶和茉莉花茶等而言，指綠茶。
綠茶	りょくちゃ ◎ 【緑茶】	
抹茶	まっちゃ ◎ 【抹茶】	
煎茶	せんちゃ ◎ 【煎茶】	綠茶的一種，是一種中級品的茶葉。

玉露	ぎょくろ ①⓪ 【玉露】	最上等的煎茶。苦味少，甘味多。
番茶	ばんちゃ ⓪ 【番茶】	品質較差，不宜買來送人。
宇治茶	うじちゃ ② 【宇治茶】	京都附近的宇治所產的茶。
熱水；開水	ねっとう ⓪ 【熱湯】	
圓筒竹刷	ちゃせん ⓪ 【茶筅・茶筌】	攪和茶粉使起泡的道具。
陶磁器	やきもの ⓪ 【焼（き）物】	「やきもの」若指食物則是烤的食物。
京燒	きょうやき ⓪ 【京焼】	京都所產陶磁器的總稱。
清水燒	きよみずやき ⓪ 【清水焼】	京燒之一。清水五條坂附近所產。
瀨戶燒	せとやき ⓪ 【瀬戸焼】	愛知縣瀨戶市及周邊所製的陶瓷器總稱。
信樂燒	しがらきやき ⓪ 【信楽焼】	近江、甲賀所產的陶器。主要生產茶器、花器、磁磚等。
有田燒	ありたやき ⓪ 【有田焼】	佐賀縣有田地方產的瓷器。＝いまりやき ⓪【伊万里焼】。
備前燒	びぜんやき ⓪ 【備前焼】	岡山備前一帶所產陶器的總稱，以不上釉爲特色。

陶器	とうき[1] 【陶器】	
燒水壺	やかん[0] 【薬缶】	＝ケトル[1] 【kettle】。
陶製茶壺； 水壺	どびん[0] 【土瓶】	壺身兩側有耳，中間有提把。瓷器製則用以替代「急須」。容量多比「急須」大。
小茶壺	きゅうす[0] 【急須】	泡煎茶用的茶壺，體積小，側面有把手。

飲食相關用語

中文	日文	備註
喝茶	きっさ[0] 【喫茶】	
簡餐；輕食	けいしょく[0] 【軽食】	
加鹽口味	しおあじ[2][0] 【塩味】	
清淡口味	うすあじ[0] 【薄味】	
甜味	あまくち[0] 【甘口】	用以形容酒、味噌等的口味。
辣味	からくち[0] 【辛口】	用以形容酒、味噌等的口味。
大辣	おおから[0] 【大辛】	

吃到飽	たべほうだい ③ 【食べ放題】	
無限暢飲	のみほうだい ③ 【飲（み）放題】	
加水	みずわり ⓪ 【水割（り）】	
品酒	ききざけ ⓪ 【聞（き）酒・利（き）酒】	
下酒菜	つまみ ⓪ 【摘まみ・撮み・抓み】	
枝豆	えだまめ ⓪ 【枝豆】	用未熟的青大豆煮成，是日本常見下酒菜。【季】秋。
涼拌豆腐；冷豆腐	ひややっこ ③ 【冷や奴】	加醬油、辛香料的夏日料理。
松前漬	まつまえづけ ⓪ 【松前漬（け）】	魷魚絲、昆布、紅蘿蔔等加上鯡魚卵調味的醃漬品，常用爲下酒菜。
酒吧	バー ①【bar】	
酒館	さかば ⓪③ 【酒場】	
居酒屋	いざかや ⓪③ 【居酒屋】	提供簡餐和便宜酒類的店。

健康食品・成藥

中文	日文	備註
藥妝店	ドラッグストア⑥【drugstore】	除一般藥品之外，也販賣化妝品和日用雜貨等。台灣稱為藥妝店。
藥局；西藥房	やっきょく⓪【薬局】	日本藥妝店除非有藥劑師，否則不可販賣處方藥。標「薬局」的店則可。
松本清	マツモトキヨシ⑤	日本最大藥妝連鎖店。
酵素	こうそ①【酵素】	
營養	えいよう⓪【栄養・営養】	
營養食品	サプリメント①【supplement】	＝サプリ①。＝栄養補助食品⑦【えいようほじょしょくひん】。
健康食品	けんこうしょくひん⑤【健康食品】	
減肥	ダイエット①【diet】	
體重計	たいじゅうけい⓪【体重計】	
體型	たいけい⓪【体形・体型】	

纖細	スリム [1] 【slim】	纖細的體型：スリム なたいけい【ス リムな体型】。
成分	せいぶん [1] 【成分】	
熱量	エネルギー [2][3] 【（徳） Energie】	
卡路里	カロリー [1] 【calorie】	低卡：ていカロ リー【低カロリ ー】。
糖分	とうしつ [0] 【糖質】	
礦物質	ミネラル [1] 【mineral】	礦泉水：ミネラル ウオーター [6]。
鈣	カルシウム [3] 【calcium】	
鈉	ナトリウム [3] 【（徳） Natrium】	
碳水化合物	たんすいかぶつ [5]【炭水化物】	
蛋白質	たんぱくしつ [4] [3]【蛋白質】	
胺基酸	アミノさん [0] 【アミノ酸】	
脂肪	ししつ [1] 【脂質】	
鐵質	てつぶん [2] 【鉄分】	

維生素；維他命	ビタミン ② 【Vitamin】	
膠原蛋白	コラーゲン ② 【collagen】	
足部；脚	フット ① 【foot】	足部除臭噴霧：フットスプレー。
浮腫	むくみ ③0 【浮腫】	＝ふしゅ ①② 【浮腫】。
按摩	マッサージ ③① 【massage】	按摩凝膠：マッサージジェル。按摩凝露：マッサージジェリー。
藥	くすり ⓪ 【薬】	
醫藥品	いやくひん ⓪ 【医薬品】	
非處方藥	たいしゅうやく ③ 【大衆薬】	＝いっぱんよういやくひん【一般用医薬品】。
生藥	しょうやく ① 【生薬】	
中藥	かんぽうやく ③ 【漢方薬】	
藥粉	こなぐすり ③ 【粉薬】	＝さんやく ①0 【散薬】。
藥片	じょうざい ⓪ 【錠剤】	
藥丸	がんやく ⓪ 【丸薬】	

食品・特產・健康

膠囊	カプセル [1] 【（德） Kapsel】	
膏藥	こうやく [0] 【膏薬】	
軟膏	なんこう [0] 【軟膏】	
胃腸藥	いちょうやく [1] 【胃腸薬】	＝いぐすり [1]【胃 薬】。
藥水	みずぐすり [3] 【水薬】	＝すいやく [1] 【水薬】。
感冒藥	かぜぐすり [3] 【風邪薬】	
頭痛	ずつう [0] 【頭痛】	
止痛藥	ちんつうざい [5] 【鎮痛剤】	
眼藥水	めぐすり [2] 【目薬・眼薬】	＝てんがんざい [3] 【点眼剤】。
荷爾蒙劑	ホルモンざい [0] 【ホルモン剤】	
抗生素	こうせいぶっし つ [5] 【抗生物質】	
盤尼西林	ペニシリン [0] 【penicillin】	
金黴素	オーレオマイシ ン [5] 【aureomycin】	

鏈黴素	ストレプトマイシン [6] 【streptomycin】	
消炎劑	しょうえんざい [0][3] 【消炎剤】	
阿斯匹靈	アスピリン [0][3] 【（德） Aspirin】	
碘酒	ヨードチンキ [4] 【（德） Jodtinktur】	
曼秀雷敦	メンソレータム [4] 【Mentholatum】	舊名爲面速力達母。
正露丸	せいろがん [0] 【正露丸】	
新表飛鳴S	しんビオフェルミンエス [9] 【新ビオフェルミンS】	
OK繃	ばんそうこう [0] 【絆創膏】	
繃帶	ほうたい [0] 【包帯・繃帯】	
紗布	ガーゼ [1] 【Gaze】	
棉花棒	めんぼう [1] 【綿棒】	
發燒	はつねつ [0] 【発熱】	

咳嗽	せき② 【咳】	
噴嚏	くしゃみ② 【嚔】	
腫	はれ⓪ 【腫れ・脹れ】	
疼痛	いたみ③ 【痛み・傷み】	
出血	しゅっけつ⓪ 【出血】	
胃潰瘍	いかいよう② 【胃潰瘍】	
胃痙攣	いけいれん② 【胃痙攣】	
胃炎	いカタル② 【胃カタル】	＝いえん⓪ 【胃炎】。
糖尿病	とうにょうびょう⓪【糖尿病】	
腹痛	ふくつう⓪ 【腹痛】	＝はらいた⓪ 【腹痛】。
腹瀉；拉肚子	げり⓪ 【下痢】	
痔瘡	じ⓪【痔】	
香港腳	みずむし⓪ 【水虫】	
麻疹	ましん⓪ 【麻疹】	也稱はしか③【麻疹】。
蛀牙	むしば⓪ 【虫歯】	

牙痛	しつう[0] 【歯痛】
花粉症	かふんしょう[0][2] 【花粉症】
鼻炎	びえん[0] 【鼻炎】
鼻子不通	はなづまり[0][3] 【鼻詰（ま）り】
過敏症	アレルギー[2][3] 【（徳）Allergie】
過敏性鼻炎	アレルギーせいびえん[8]【アレルギー性鼻炎】
傷口	きずぐち[0] 【傷口】
受傷者；傷患	けがにん[0] 【怪我人】

運動器材

中 文	日 文	備 註
護腕	リストバンド[4] 【wristband】	棉製品，為止汗、拭汗用。
護膝	ひざあて[0] 【膝当て】	
脚踏車	じてんしゃ[2][0] 【自転車】	
高爾夫球	ゴルフ[1] 【golf】	

釣魚	フィッシング[10] 【fishing】	＝さかなつり[3]【魚 釣（り）】。
棒球	やきゅう[0] 【野球】	
壘球	ソフトボール[4] 【softball】	
足球	サッカー[1] 【soccer】	
網球	テニス[1] 【tennis】	
羽毛球	バドミントン[3] 【badminton】	羽毛球中所用的 羽毛「球」， 日文稱：シャ トルコック[4] 【shuttlecock】。
桌球	たっきゅう[0] 【卓球】	
壁球	スカッシュ[2] 【squash】	
水上運動	マリンスポー ツ[5]【marine sports】	
帆船；遊艇	ヨット[1] 【yacht】	
滑水	すいじょう スキー[6] 【水上スキー】	
衝浪	サーフィン[10] 【surfing】	＝なみのり[03] 【波乗り】。
衝浪板	サーフボード[4] 【surfboard】	

游泳	すいえい [0] 【水泳】	
潛水	ダイビング [1][0] 【diving】	=せんすい [0] 【潛水】。
滑冰	アイススケート [5]【ice-skate】	スケート [0][2] 【skate】爲滑冰用 具，也指該運動。
滑雪	スキー [2]【ski】	
曲棍球	ホッケー [1] 【hockey】	=フィールド ホッケー [5] 【field hockey】。
籃球	バスケット トボール [6] 【basketball】	=バスケット [3] 【basket】。 =ろうきゅう [0] 【籠球】。
排球	バレーボール [4] 【volleyball】	=はいきゅう [0] 【排球】。
手球	ハンドボール [4] 【handball】	
躲避球	ドッジボール [4] 【dodge ball】	=ドッチボール [4]。 =デッドボール [4]。
英式橄欖球	ラグビー [1] 【rugby】	
美式足球	アメリカン フットボール [9] 【American football】	=アメフト [0]。 =アメラグ [0]。 =べいしきしゅう きゅう [5]【米式蹴 球】。 =がいきゅう [0]【鎧 球】。

撞球	ビリヤード[3]【billiards】	＝どうきゅう[0]【撞球】。＝たまつき[2][4]【玉突き】。
射飛鏢	ダーツ[1]【darts】	射圓形標的的室內運動。
保齡球	ボウリング[0]【bowling】	
集換式紙牌	トレーディングカード[7]【trading card】	以收集和交換為目的的卡片。Trading Card Game，TCG。
球拍	ラケット[2]【racket】	包括網球、羽毛球等球拍。
釣竿	つりざお[0]【釣（り）竿】	
玻璃纖維	グラスファイバー[4]【glass fiber】	＝ガラスせんい[4]【ガラス繊維】。
碳纖維	カーボンファイバー[5]【carbon fiber】	＝たんそせんい[4]【炭素繊維】。

第4章

電器用品

電器用品

相 機

中 文	日 文	備 註
相機	カメラ① 【camera】	網路攝影機：ウェブカメラ【Webカメラ】。
數位相機	デジタルカメラ⑤【digital camera】	
數位攝影機	デジタルビデオカメラ⑧【digital video camera】	＝DV。
即可拍	つかいすてカメラ⑥【使い捨てカメラ】	
拍立得	ポラロイドカメラ⑥【Polaroid Land Camera】	＝インスタントカメラ⑦【instant camera】。
規格	きかく⓪【規格】	
使用說明書	スペック②【spec】	
焦點	ピント⓪【（荷）brandpunt】	＝しょうてん①【焦点】。＝フォーカス①【focus】。對焦：ピントをあわせる。
焦距	しょうてんきょり⑤【焦点距離】	

定焦	こていしょうてん④【固定焦点】	
變焦	ズーム①【zoom】	三倍變焦：さんばいズーム【三倍ズーム】。數位變焦：でんしズーム【電子ズーム】。
自動對焦	オートフォーカス④【auto-focus】	
記錄媒體	きろくメディア④【記録メディア】	指儲存媒體，如SD卡、SDHC卡等。
錄音	ろくおん⓪【録音】	
錄影	ろくが⓪【録画】	
待機畫面	まちうけがめん⑤【待（ち）受け画面】	
顯視器；螢幕	モニター①【monitor】	螢幕尺寸：モニターサイズ。
解析度	かいぞうど③【解像度】	
畫素	がそ①【画素】	有效畫素：ゆうこうがそすう【有効画素数】。
快門	シャッター①【shutter】	快門速度：シャッタースピード。

電器用品

閃光	フラッシュ[2] 【flash】	
光圈	しぼり[3] 【絞り・搾り】	
曝光	ろしゅつ[0] 【露出】	＝ろこう[0] 【露光】。
介面	インター フェース[5] 【interface】	＝インタフェイス[4]。
內建	ないぞう[0] 【内蔵】	內建記憶體：内蔵 メモリ。內建閃光 燈相機：フラッシ ュを内蔵したカメ ラ。
接頭；端子	たんし[1] 【端子】	＝ターミナル[1] 【terminal】。
拍照角度； 攝影角度	しゃかく[0] 【写角】	＝がかく[0] 【画角】。
標準鏡頭	ひょうじゅん レンズ[5] 【標準レンズ】	
廣角鏡頭	こうかく レンズ[5] 【広角レンズ】	
魚眼鏡頭	ぎょがん レンズ[4] 【魚眼レンズ】	攝影角度可達180度 以上的鏡頭。
遠攝鏡頭	ぼうえん レンズ[5] 【望遠レンズ】	

手震	てぶれ ⓪ 【手ぶれ】	
防手震	てぶれほせい ④ 【手ぶれ補正】	
防手震	てぶれぼうし ④ 【手ぶれ防止】	
色彩校正	いろほせい ③ 【色補正】	
播放	さいせい ⓪ 【再生】	能播放出來：さいせいできる【再生できる】。
類比	アナログ ⓪ 【analog】	
反光式照相機	レフレックスカメラ ⑦【reflex camera】	分單眼和雙眼反光相機。
鏡頭；鏡片	レンズ ① 【（荷）lens】	
單眼	いちがんレフ ⑤ 【一眼レフ】	
單眼相機	いちがんレフカメラ ⑦【一眼レフカメラ】	
雙眼相機	にがんレフカメラ ⑥【二眼レフカメラ】	
取景器	ファインダー ⓪ 【finder】	
數位；數碼	デジタル ① 【digital】	＝ディジタル ①。

相片	しゃしん [0]【写真】	寫真集：しゃしんしゅう【写真集】。連續拍攝（連拍）：れんしゃ【連写】。
微距攝影	せっしゃ [0]【接写】	近距離攝影。
一格；一段	こま [01]【齣】	攝影、電影在底片上的畫面單位。每秒1幀，最多5格：1コマ/秒、最大5コマ。
濾光器	フィルター [01]【filter】	
腳架	さんきゃく [0]【三脚】	=さんきゃくか [4]【三脚架】。
單角架	いっきゃく [0]【一脚】	
相機袋	キャリングケース [5]【carrying case】	原意為可攜帶的袋子，所以有各種功用的キャリングケース，購買時要注意是否為カメラ用。
相機背包	カメラようリュックサック [9]【カメラ用リュックサック】	
底片	フィルム [1]【film】	

加洗	やきまし ⓪【焼（き）増し】

電話・手機 ✂

中文	日文	備註
電話	でんわ ⓪【電話】	
網路電話	インターネットでんわ ⑧【インターネット電話】	
固定電話	こていでんわ ④【固定電話】	和手機相對，指置於一定場所，不能移動的電話。
手機	けいたいでんわ ⑤【携帯電話】	付照相功能手機：カメラつきけいたいでんわ ⑥【カメラ付携帯電話】。
2G手機	だいにせだいけいたいでんわ【第二世代携帯電話】	
3G手機	だいさんせだいけいたいでんわ【第三世代携帯電話】	
4G手機	だいよんせだいけいたいでんわ【第四世代携帯電話】	

機種	きしゅ[1][2] 【機種】	
智慧型手機	スマートホン [4]【smartphone】	＝たきのうけいた いでんわ【多機能 携帯電話】。
影像電話	テレビでんわ[4] 【テレビ電話】	
觸控螢幕	タッチパネル[4] 【touch panel】	
控制面板	コントロールパ ネル[7]【control panel】	
貼紙	シール[1] 【seal】	螢幕保護貼：えき しょうほごシール 【液晶保護シー ル】。
壓克力	アクリル[0][1] 【（徳） Acryl】	手機材料部分是壓 克力。
藍牙	ブルートゥース [4]【Bluetooth】	
行事曆；行 程表	スケジュール[2][3] 【schedule】	
來電鈴聲； 來電音樂	ちゃくしん メロディー[5] 【着信メロディ ー】	＝ちゃくメロ[0]【着 メロ】。＝ちゃく しんおん[3]【着信 音】。
i模式	アイモード[3] 【i-mode】	手機能上網瀏覽、 收發信件的模式。

電器用品

中文	日文	備註
震動模式	マナーモード₄【（和）manner＋made】	指手機不影響他人的模式，通常指震動模式。
震動器	バイブレーター₄【vibrator】	指手機震動模式，也指電動按摩器等。
手機袋	けいたいケース₅【携帯ケース】	
USB線	ユーエスビーケーブル₇【USBケーブル】	
通訊	つうしん₀【通信】	

電 視

中文	日文	備註
薄型電視	うすがたテレビ₅【うすがたテレビ】	薄型電視以液晶和電漿電視為主流。
電漿電視	プラズマテレビ₅【plasma television】	
液晶電視	えきしょうテレビ₅【液晶テレビ】	
螢幕造型	がめんスタイル₅【画面スタイル】	

寬螢幕	ワイドスクリーン⑥【wide scréen】	
（畫面的）明暗對比	コントラスト④①【contrast】	
主體；主機	ほんたい⑩【本体】	機體重量：ほんたいじゅうりょう【本体重量】。
機身尺寸	ほんたいすんぽう⑤【本体寸法】	
公斤；公里	キロ①【（法）kilo】	kg=公斤：キログラム③。km=公里：キロメートル③。
寬	はば⓪【幅】	
高	たかさ①【高さ】	
深	おくゆき⓪【奥行】	（機體尺寸的）寬×高×深：幅×高さ×奥行（mm）
接收器	チューナー①【tuner】	接收器項目：チューナーこうもく【チューナー項目】。
電視接收器	テレビチューナー④【TVチューナー】	

地面	ちじょう ⓪ 【地上】	地面波類比播放： ちじょうアナログ テレビほうそう 【地上アナログテ レビ放送】。原指 由地面發射的類比 視訊，但日本於 2011年7月停止播 放，全面改爲數位 視訊。
數位電視接 收器	デジタルチュー ナー ⑤【digital tuner】	=ちじょうデジタ ルほうそうチュー ナー【地上デジタ ル放送チューナ ー】。
衛星電視	ビーエス ⓪ 【BS】	=ほうそうえいせ い ⑤【放送衛星】。 原是指播放衛星， 但節目標BS指衛星 播放的節目。
插槽	スロット ② 【slot】	
搖控器	リモート コントロール ⑧ 【remote control】	=リモコン ⓪。
機上盒	セットトップ ボックス ⑦ 【set-top box】	

音響・數位音響

中文	日文	備註
音響設備	オーディオ[01]【audio】	音響組合：オーディオセット。
家庭電影院	ホームシアター[4]【home theater】	
立體聲	ステレオ[0]【stereo】	
立體環繞	サラウンド[0]【surround】	＝りったいおんきょう[5]【立体音響】。
立體環繞喇叭	サラウンドスピーカー[7]【surround speaker】	
放大器；增幅器	アンプリファイア[5]【amplifier】	＝アンプ[1]。
低音	バス[1]【bass】	
低音喇叭	ウーハー[1]【woofer】	＝ウーファー[1]。
重低音喇叭	サブウーファー[3]【subwoofer】	
數位音響播放器	デジタルオーディオプレーヤー[11]【digital audio player】	

MP3播放器	エムピースリープレーヤー ⑨【MP3プレーヤー】
快閃記憶體	フラッシュメモリー ⑤【flash memory】
多功能	マルチ ①【multi】
傳輸線	ケーブル ⑩【cable】
記憶卡	メモリーカード ⑤【memory card】

空調

中文	日文	備註
空調	エアコンディショナー ⑤【air conditioner】	＝エアコン ⓪。
空氣清淨機	くうきせいじょうき ⑥【空気清浄器】	
電熱器	ヒーター ①【heater】	
暖氣	だんぼう ⓪【暖房・煖房】	
暖爐；火爐	ストーブ ②【stove】	

電風扇	せんぷうき ③ 【扇風機】	
冷氣機	クーラー ① 【cooler】	
分離式	セパレートタイプ ⑥【separate tape】	

其他家電用品

中文	日文	備註
家電	かでん ⓪ 【家電】	
洗衣機	せんたくき ④③ 【洗濯機】	
冰箱	れいぞうこ ③ 【冷蔵庫】	
吸塵器	でんきそうじき ⑥ 【電気掃除機】	
縫紉機	ミシン ① 【sewing machine】	
電熨斗	でんきアイロン ④【電気アイロン】	燙衣板：アイロンだい【アイロン台】。
蒸氣熨斗	スチームアイロン ⑤ 【steam iron】	

網路家電	インターネットかでん[8]【インターネット家電】	
烤麵包機	トースター[1]【toaster】	
果汁機	ミキサー[1]【mixer】	
咖啡機	コーヒーメーカー[5]【coffee maker】	
電磁爐	アイエッチちょうりき[8]【IH調理器】	IH為「induction heating」。
鐵板	ホットプレート[5]【hot plate】	鐵板燒所用的電熱式鐵板。
爐子	レンジ[1]【range】	
瓦斯爐	ガスレンジ[3]【gas range】	
微波爐	でんしレンジ[4]【電子レンジ】	
電鍋	すいはんき[3]【炊飯器】	電子鍋：でんきすいはんき[6]【電気炊飯器】。＝でんきがま[3]【電気釜】。
洗碗機	しょっきあらいき[5][6]【食器洗い機】	
電子字典	でんしじしょ[4]【電子辞書】	

| PDA | ピーディーエー⑤【PDA】（personal digital assistant） | =けいたいじょうほうたんまつ⑨【携帯情報端末】。 |

電器類相關用語

中文	日文	備註
節能；節電	しょうエネルギー④⑥【省エネルギー】	
環保家電	グリーンかでん⑤【グリーン家電】	
電源	でんげん⓪③【電源】	不斷電裝置：むていでんでんげんそうち⑩【無停電電源裝置】=UPS〔uninterruptible power supply〕。
開關	スイッチ②①【switch】	
電力	でんりょく①⓪【電力】	每年耗電量：ねんかんしょうひでんりょく【年間消費電力】。
電壓	でんあつ⓪【電圧】	
伏特	ボルト⓪①【volt】	記號爲：V。
電流	でんりゅう⓪【電流】	

直流電	ちょくりゅう[0] 【直流】	＝ちょくりゅうでんりゅう[5]【直流電流】。記號爲：DC（direct current）。
交流電	こうりゅう[0] 【交流】	＝こうりゅうでんりゅう[5]【交流電流】。記號爲：AC（alternating current）。
安培	アンペア[3] 【ampere】	
電阻	でんきていこう[4] 【電気抵抗】	
歐姆	オーム[1] 【ohm】	
電池	バッテリー[1][4] 【battery】	電池續電時間：バッテリーじぞくじかん【バッテリー持続時間】。
電池	でんち[1] 【電池】	
鎳氫電池	ニッケルすいそでんち[8]【ニッケル水素電池】	
鋰	リチウム[2] 【lithium】	
鋰電池	リチウムでんち[5]【リチウム電池】	

鹼性	アルカリ ⓪ 【（荷） alkali】	
鹼性電池	アルカリかんで んち ⑦【アルカ リ乾電池】	
充電電池	ちくでんち ③ 【蓄電池】	=リチャージャ ブル バッテリー 【rechargeable battery】。 =じゅうでんち 【充電池】。
鉛蓄電池	なまりちくでん ち ⑥ 【鉛蓄電池】	汽車最常用的蓄電 池。
充電器	じゅうでんき ③ 【充電器】	
零件配備 （如充電 器）	ふぞくひん ⓪③ 【付属品】	
保證書	ほしょうしょ ⓪④ 【保証書】	
使用說明書	しようしょ ⓪ 【仕様書】	記載使用方法和順 序的文書。
附帶保證	ほしょうつき ⓪ 【保証付き】	
使用；操作	とりあつかい ⓪ 【取（り）扱い ・取扱】	使用說明書：とり あつかいせつめい しょ【取扱説明 書】。

贈品	けいひん ⓪ 【景品】	附贈商品：けいひんつき【景品付き】。
好評	こうひょう ⓪ 【好評】	大受好評：だいこうひょう【大好評】。
優惠	とくてん ⓪ 【特典】	
便宜	やすい ② 【安い】	超便宜：げきやす ⓪【激安】。
特價	セール ① 【sale】	打折品：セールひん【セール品】。
庫存；存貨	ざいこ ⓪ 【在庫】	清倉大特價：ざいこいっそうセール【在庫一掃セール】。清倉拍賣：ざいこしょぶんセール【在庫処分セール】。
特價品；打折商品	バーゲンセール ⑤ 【bargain sale】	＝バーゲン ①【bargain】。
特賣	とっか ①⓪ 【特価】	
特價品	とっかひん ⓪ 【特価品】	

電腦・電腦周邊

中 文	日 文	備 註
個人電腦	パソコン [0]	=パーソナルコンピューター [8]【personal computer】。
桌上型電腦	デスクトップ [4]【desktop】	原意是桌上用，特指桌上型個人電腦。
膝上型	ラップトップ [4]【laptop】	
筆記型電腦	ノートパソコン [4]【notebook personal computer】	=ノートブックピーシー【ノートブックPC】。
品牌廠	メーカー [1]【maker】	品牌電腦：メーカー製パソコン。
名牌製品	メーカーひん [0]【メーカー品】	
主機板	メインボード [4]【main board】	=マザーボード [4]【mother board】
積體電路	しゅうせきかいろ [5]【集積回路】	
晶片	チップ [1]【chip】	
連接埠	ポート [1]【port】	紅外線連接埠：せきがいせんポート【赤外線ポート】。

記憶裝置	きおくそうち④【記憶装置】	
磁碟	ディスク⑩【英 disk , disc;（法）disque】	外接式：そとづけタイプ【外付けタイプ】。
硬碟	ハードディスク④【hard disk】	包含硬碟與讀寫裝置（硬碟機）整體。硬碟機：ハードディスクドライブ【hard disk drive】。
格式化	フォーマット①【format】	
讀出寫入	よみかき②①【読み書き】	讀寫速度：よみかきそくど【読み書き速度】。
寫入（速度）	かきこみ⓪【書（き）込み】	記憶體、燒錄器等可寫入裝置。
電腦機殼	パソコンケース⑤	
直立式電腦機殼	タワーケース④【towercase】	
裝在機器外面保護機器的箱子	きょうたい⓪【筐体】	
風扇	ファン①【fan】	
散熱	はいねつ⓪【廃熱・排熱】	
周邊設備	しゅうへんきき⑤【周辺機器】	

輸入裝置	にゅうりょくそうち ⑤【入力装置】	
鍵盤	キーボード ③【keyboard】	=けんばん ⓪【鍵盤】。無線鍵盤：ワイヤレスキーボード ⑧【wireless keyboard】。
數字鍵	テンキー ①③【（和）ten＋key】	
Esc鍵	エスケープキー ⑥	源自：escape sequence key。
Tab鍵	タブキー ③【tab key】	
Shift鍵	シフトキー ④【Shift key】	
Ctrl鍵	コントロールキー ⑦【Control key】	
Insert鍵	インサートキー ⑥⑤【Insert key】	=そうにゅうキー【挿入キー】。=INSキー。
Backspace鍵；退回鍵	バックスペースキー ⑧【Backspace key】	
Del鍵；消除鍵	デリートキー ④⑤【delete key】	

Enter鍵	エンターキー [5][3]【Enter key】	=にゅうりょくキー【入力キー】。 =じっこうキー【実行キー】。 =リターンキー。 =かいぎょうキー【改行キー】。
方向鍵	カーソルキー [5]【cursor key】	
大寫鎖定鍵	キャプスロックキー [7]【Caps Lock key】	
暫停鍵	ポーズキー [4]【pause key】	
空格鍵	スペースキー [5][4]【space key】	
快捷鍵	ショートカットキー [7][6]【shortcut key】	
熱鍵	ホットキー [3][4]【hot key】	=ショートカットキー。
滑鼠	マウス [1]【mouse】	
光學滑鼠	こうがくしきマウス [7]【光学式マウス】	
光纖	ひかりファイバー [4]【光ファイバー】	光纖電纜：光ファイバーケーブル。

右鍵	みぎボタン③【右ボタン】	
左鍵	ひだりボタン④【右ボタン】	
滾輪滑鼠	ホイールマウス⑤【wheel mouse】	
網路	ネット◎【net】	=ネットワーク④【network】。=コンピューターネットワーク⑩【computer network】。
網路	インターネット⑤【internet】	=インターネットワーク【internetwork】。
企業內部網路	イントラネット⑤【intranet】	
有線	ゆうせん①【有線】	區域網路：LAN（ラン）【local area network】。
無線	ワイヤレス①【wireless】	=むせん◎【無線】。
無線區域網路	むせんラン④【無線LAN】	=ワイヤレスラン⑥【ワイヤレスLAN】。
無線接收器	むせんランアクセスポイント⑩【Wireless LAN access point】	電腦網路中，又叫做無線接入點或者無線接收盒，或稱無線網路基地台。

寬網；寬頻網路	ブロードバンドネットワーク [11]【broadband network】	
加密	あんごうか [0]【暗号化】	
網路電腦主機	ホストコンピューター [6]【host computer】	
滑鼠墊	マウスパッド [4]【mouse pad】	
顯示卡	グラフィックボード [6]【graphic board】	＝ビデオカード【video card】。
繪圖板	タブレット [1]【tablet】	＝ペンタブレット【（和）pen+tablet】。
轉換線；轉接器	へんかんケーブル [5]【変換ケーブル】	
連接器；轉接器	アダプター [02]【adapter】	
變壓器；整流器	エーシーアダプター [6]【ACアダプター】	小家電使用的電源裝置，如筆電、遊戲機、手機的充電等。將交流電流變為直流電。

控制器	コントロー ラー④ 【controller】	遊戲控制器：ゲ ームコントロー ラー⑦【game controller】。使用 電視遊樂器時，所 用的輸入裝置的總 稱。
麥克風	マイクロホン④ 【microphone】	＝マイク①。
耳機	イヤホン②③ 【earphone】	
頭戴式耳機	ヘッドホン③ 【headphone】	
顯示器	ディスプレー④③ 【display】	液晶顯示器：えき しょうディスプレ ー【液晶ディスプ レー】。
投影機	プロジェクター ③【projector】	
集線器	ハブ①【hub】	＝しゅうせんそう ち⑤【集線裝置】。 USB集線器：ユーエ スビーハブ【USBハ ブ】。
網路交換器	スイッチングハ ブ⑦【switching hub】	
路由器；寬 頻分享器	ルーター① 【router】	
揚聲器；喇 叭	スピーカー②⓪ 【speaker】	

隨身碟	ユーエスビーメモリー[7]【USBメモリー】	＝ユーエスビーフラッシュメモリー【USBフラッシュメモリー】。
RAM	ラム[1]【random-access memory】	
DRAM	ディーラム[0]【dynamic random access memory】	
可攜式	ポータブル[1][3]【portable】	
DVD燒錄器	ディーブイディードライブ[8]【DVDドライブ】	
播放機	プレーヤー[2][0]【player】	DVD・VCD播放機：DVD・VCDプレーヤー。
資料；數據	データ[1][0]【data】	
處理器	プロセッサー[3]【processor】	中央處理器：シーピーユー[5]【CPU】。
印表機	プリンター[2][0]【printer】	
噴墨印表機	インクジェットプリンター[8]【ink-jet printer】	彩色噴墨印表機：カラーインクジェットプリンター。

雷射印表機	レーザープリンター⑥【laser printer】	
熱轉印印表機	ねつてんしゃプリンター⑦【熱転写プリンター】	使用熱感應色帶。
熱感應印表機	かんねつしきプリンター⑧【感熱式プリンター】	使用熱感應紙。
藍光光碟	ブルーレイディスク⑥【Blu-ray Disc】	藍光則是DVD的下一代光碟，容量約DVD的5倍。
耗材	しょうもうひん⓪【消耗品】	
碳粉	トナー①【toner】	
碳粉匣	トナーカートリッジ⑦【toner cartridge】	
墨水	インク⓪①【ink】	
色帶	インクリボン④【（和）ink＋ribbon】	
噴墨	インクジェット④【ink-jet】	噴墨式印表機：インクジェットプリンター【ink-jet printer】。

墨水匣	カートリッジ ④① 【cartridge】	＝インクカートリッジ【ink cartridge】。
填充	つめかえ ⓪【詰 (め) 替え】	填充墨水：つめかえインク【詰め替えインク】。
數據機	モデム ①⓪ 【modem】	
軟體；軟件	ソフトウエア ⑤ 【software】	＝ソフト①【soft】。
硬體	ハードウエア ⑤ 【hardware】	
智慧財產權	ちてきしょゆうけん ⑤ 【知的所有権】	
版權	コピーライト ④ 【copyright】	＝ちょさくけん ③② 【著作権】。符號為©。
盜版	かいぞくばん ⓪ 【海賊版】	
程式	プログラム ③ 【program】	程式語言：プログラムげんご ⑥【プログラム言語】。＝プログラミングげんご【プログラミング言語】。
工具程式；公用程式	ユーティリティープログラム ⑧⑨【utility program】	

狀態列	ステータス バー⑥ 【status bar】	位於視窗下方，提示操作軟體狀態。
捲軸	スクロール バー⑥ 【scroll bar】	
防火牆	ファイアウォール④【fire wall】	
安全漏洞	セキュリティーホール⑥ 【security hole】	
版本	バージョン① 【version】	指程式的版本。
版本升級	バージョンアップ⑤【（和） version＋up】	
電腦蠕蟲	ワーム① 【worm】	
程式錯誤	バグ① 【bug】	
原始碼	ソースコード④【source code】	
病毒	ウイルス②① 【（拉丁） Virus】	電腦病毒：コンピューターウイルス⑧【computer virus】。
間諜軟體	スパイウエア⑤ 【spyware】	

木馬程式	トロイのもくば 【トロイの木馬】	
作業系統	オペレーティングシステムプログラム [14]【operating system program】	
應用軟體	アプリケーションソフトウエア [12]【application software】	=アプリケーションソフト。=アプリケーションプログラム（AP）。
共享軟體	シェアウエア [4]【shareware】	
防毒軟體	アンチウイルスソフトウェア [11]【Antivirus Software】	=アンチウイルス。=ウイルスたいさくソフト【ウイルス対策ソフト】。
繪圖軟體	ペイントソフト [5]【（和）paint＋software】	=ペイントソフトウエア。源自：painting software。
平台	プラットホーム [5]【platform】	
駭客	ハッカー [1]【hacker】	クラッカー [2]【cracker】。
翻譯軟體	ほんやくソフト [5]【翻訳ソフト】	

電腦相關用語

中文	日文	備註
主電腦；主機	ホストコンピューター[6]【host computer】	
游標	カーソル[10]【cursor】	
預覽	プレビュー[3]【preview】	
單位的百萬倍	メガ[1]【mega】	
輸入	にゅうりょく[01]【入力】	＝インプット[3]【input】。
輸出	しゅつりょく[2]【出力】	＝アウトプット[4]【output】。
半形	はんかく[0]【半角】	
全形	ぜんかく[0]【全角】	
切換	きりかえ[0]【切(り)替え・切(り)換え】	半形/全形切換鍵：はんかく/ぜんかくきりかえキー【半角/全角切り替えキー】。
安裝	インストール[4]【install】	
安裝	セットアップ[4]【set up】	

儲存	ほぞん [0] 【保存】	＝セーブ [1] 【save】。
覆蓋	うわがき [0] 【上書き】	＝オーバーライト [5] 【overwrite】。
備份	バックアップ [4] 【backup】	
路徑	パス [1]【path】	
脈衝	パルス [1] 【pulse】	
啓動	きどう [0] 【起動】	ブート [1]【boot】。
重新啓動	リブート [2] 【reboot】	＝さいきどう【再起動】。
圖像	がぞう [0] 【画像】	
圖像處理	がぞうしょり [4] 【画像処理】	圖像處理軟體：が ぞうしょりソフト 【画像処理ソフ ト】。
GIF動畫	ジフアニメーション【GIFアニメーション】	GIF檔：ジフ 【GIF】。
JPEG檔	ジェーペグ [0] 【JPEG】	
拖曳	ドラッグ [2] 【drag】	
壓縮	あっしゅく [0] 【圧縮】	
解壓縮	かいとう [0] 【解凍】	

字體	フォント [1]【font】	=しょたい [0]【書体】。
明體	みんちょう [1]【明朝】	
楷體	かいしょ [0]【楷書】	
黑體	ゴシック [2]【Gothic】	所有筆畫粗細一致。
粗黑體	アンチック [1][3]【antique】	筆畫的粗細不一樣，較柔和，用於平假名、片假名。
斜體	イタリック [3]【italic】	
羅馬體	ローマン [1]【roman】	多指泰晤士新羅馬：タイムズニューローマン【Times New Roman】。西文字體最常見的一種，縱線粗，橫線細。
雅黑體；粗體	ボールド [1]【bold】	西文字體的一種，比roman粗。
二手；中古	ちゅうこ [0]【中古】	=ちゅうぶる [0]【中古】。=セコハン [0]。=セコンドハンド [5]。二手桌上型電腦：中古デスクトップパソコン。
二手貨	ちゅうこひん [0]【中古品】	

電腦桌	パソコンデスク⑤	

辦公室自動化 ✂

中文	日文	備註
辦公室自動化	オフィスオートメーション⑦【office automation】	=オーエー③（OA）。
傳真機	ファクシミリ③①【facsimile】	通常稱爲：ファックス①【fax】。
碎紙機	シュレッダー②【shredder】	
影印	コピー①【copy】	
影印機	コピーき①【コピー機】	
桌上型電算機	でんたく⓪【電卓】	
多功能事務機	ふくごうき③【複合機】	=プリンター複合機⑧【プリンターふくごうき】。
文字處理機	ワードプロセッサー⑥【word processor】	一般略稱爲：ワープロ⓪。
電子信件；電子郵件	でんしメール④【電子メール】	=イーメールシ③【e-mail; E-mail】。
@；小老鼠	アットマーク④【at mark; @ mark】	=アット【@; at;（拉丁）ad】。

發信	そうしん⓪【送信】	寄件備份匣：そうしんずみメール【送信済みメール】。
收信	じゅしん⓪【受信】	收件匣：じゅしんばこ【受信箱】。=じゅしんトレイ【受信トレイ】。
來信	ちゃくしん⓪【着信】	郵件到達通知：メールちゃくしんつうち【メール着信通知】。
電子郵件地址	メールアドレス④【mail address】	
垃圾郵件	めいわくメール⑤【迷惑メール】	
草稿匣	したがき⓪【下書き】	
電郵主旨	けんめい⓪【件名】	
作成；完成	さくせい⓪【作成】	編寫新信：メールさくせい⓪【メール作成】。
郵件列表	メーリングリスト⑥【mailing list】	
刪除	さくじょ①【削除】	

第5章

居家相關用品

居家用品

居家用品

中文	日文	備註
室內裝飾	インテリア ③ 【interior】	
傢俱	かぐ ①【家具】	
收納	しゅうのう ⓪ 【収納】	
衣櫥；衣櫃	たんす ⓪ 【箪笥】	
五斗櫃；收納盒	チェスト ① 【chest】	放貴重物品等有蓋的大箱子。
衣架	ハンガー ① 【hanger】	
化妝台	ドレッサー ② 【dresser】	
鞋櫃	げたばこ ⓪ 【下駄箱】	
架子	たな ⓪【棚】	
書架	ほんだな ① 【本棚】	
架子	ラック ① 【rack】	
台架	だい ①【台】	
抽屜	ひきだし ⓪ 【引（き）出し ・抽き出し】	
燈	ライト ① 【light】	

照明	しょうめい ⓪ 【照明】	
裝飾吊燈	シャンデリア ③ 【chandelier】	以玻璃和金屬等作成的裝飾用室內燈。
電燈	ランプ ① 【（荷）英 lamp】	電燈、燈火的總稱。
電燈	でんき ① 【電気】	＝でんとう ⓪ 【電灯】。
檯燈	でんきスタンド ⑤【電気スタンド】	
燈泡	でんきゅう ⓪ 【電球】	
省電燈泡	でんきゅうがたけいこうとう ⓪【電球形蛍光灯】	
日光燈	けいこうとう ⓪ 【蛍光灯】	
窗簾	カーテン ① 【curtain】	
百葉窗	ブラインド ⓪ 【blind】	
桌子	つくえ ⓪ 【机】	
矮飯桌；折腳矮桌	ちゃぶだい ⓪ 【卓袱台】	
辦公桌	デスク ① 【desk】	

餐桌	しょくたく[0]【食卓】	
桌巾	テーブルクロス[5]【tablecloth】	
椅子	チェア[1]【chair】	=いし[0]【倚子】。
搖椅	ロッキングチェア[6]【rocking chair】	=ゆりいす[0]【揺り椅子】。
躺椅；折疊式躺椅	デッキチェア[4]【deck chair】	
凳子	こしかけ[3][4]【腰掛け】	
回轉椅	かいてんいす[3]【回転椅子】	
安樂椅	あんらくいす[4]【安楽椅子】	
沙發	ソファー[1]【sofa】	
和室椅	ざいす[0]【座椅子】	
座墊	ざぶとん[2]【座布団・座蒲団】	
靠墊	クッション[1]【cushion】	
衣箱	ながもち[0][3]【長持（ち）】	帯蓋的長方形衣箱。
壁毯；掛毯	タペストリー[2][1]【tapestry】	

廚房	キッチン[1]【kitchen】	=キチン[1]。=だいどころ[0]【台所】。
流理台	ながしだい[0]【流し台】	
供給熱水	きゅうとう[0]【給湯】	
熱水器	きゅうとうき[3]【給湯器】	（家用）熱水器。
掃帚；掃把	ほうき[01]【箒・帚】	
畚箕	ちりとり[34]【塵取り】	
拖把	モップ[01]【mop】	
熱水器	おんすいき[3]【温水器】	
太陽能熱水器	たいようねつおんすいき[9]【太陽熱温水器】	
水龍頭	じゃぐち[0]【蛇口】	
水龍頭	すいせん[0]【水栓】	
保溫瓶	まほうびん[2]【魔法瓶】	
瓶子	ポット[1]【pot】	電熱水瓶：でんきポット【電気ポット】。

烤箱	オーブン [1] 【oven】	
保鮮膜	ラップ [1] 【wrap】	=ラップフィル ム [4]。
通風扇	かんきせん [03] 【換気扇】	
餐具	しょっき [0] 【食器】	
碗櫃	しょっきだな [03] 【食器棚】	
淨水器	じょうすいき [4] 【浄水器】	
鍋	なべ [1] 【鍋】	較飯鍋淺，有耳可 提的鍋。
深鍋	かま [0] 【釜・窯・缶・ 罐・竈】	釜較鍋深。
飯鍋	めしがま [02] 【飯釜】	
炒菜鍋	ちゅうかなべ [4] 【中華鍋】	圓底淺鐵鍋。
平底鍋	ひらなべ [03] 【平鍋】	
平底鍋	フライパン [0] 【frypan】	=スキレット [3] 【skillet】。附持柄 的平底鍋。
壓力鍋	あつりょくな べ [5]【圧力鍋】	

烤架	グリル [1][2] 【grill】	也指西式小餐廳；餐館中的烤肉處；飯店附屬的輕食餐廳。
茶托	ちゃたく [0] 【茶托】	
蓋子	ふた [0] 【蓋】	
鍋蓋	なべぶた [0][2] 【鍋蓋】	
砧板	まないた [0][3] 【俎板・俎・真魚板】	
菜刀	ほうちょう [0] 【包丁・庖丁】	
餐刀	ナイフ [1] 【knife】	
叉子	フォーク [1] 【fork】	
筷子	はし [1] 【箸】	
筷架	はしおき [2][3] 【箸置き】	
湯匙	スプーン [2] 【spoon】	＝さじ [1][2]【匙】。
杓子	しゃもじ [1]【杓文字】	
圓杓；湯杓	おたま [2] 【御玉】	＝おたまじゃくし [4]【御玉杓子】。

居家用品

打蛋器	あわだてき ④ 【泡立て器】	
容器	いれもの ⓪【入 れ物・容れ物】	「名詞＋入れ」即 裝該名詞的容器。
醬油罐	しょうゆいれ ③ 【醤油入れ】	
醋罐	おすいれ ⓪ 【お酢入れ】	
鹽罐	しおいれ ⓪ 【塩入れ】	
胡椒瓶	こしょういれ ② 【胡椒入れ】	
抹布；擦碗布	ふきん ② 【布巾】	
盤子	さら ⓪ 【皿】	
大盤子	おおざら ⓪ 【大皿】	
碟子	こざら ⓪① 【小皿】	
煙灰缸	はいざら ⓪ 【灰皿】	
碗	ボウル ① 【bowl】	碗、鉢的總稱。
碗	ちゃわん ⓪ 【茶碗】	
大碗；碗公	はち ② 【鉢】	
珍味碗	ちんみ ①⓪ 【珍味】	大小約：10× 6cm。

小碗	こばち [10] 【小鉢】	
杯子	コップ [0] 【（荷）kop】	玻璃杯：ガラスコップ。 通常指無把的小型飲用容器。
杯子	カップ [1] 【cup】	通常指有杯把的西式杯子。
茶杯	ティーカップ [3] 【tea cup】	
茶杯	ゆのみ [3]【湯呑み・湯飲み】	日式無杯把茶杯。
酒器	しゅき [12] 【酒器】	酒杯、酒瓶等的總稱。
酒壺	とくり [0] 【徳利】	
酒壺；酒瓶	ちょうし [0] 【銚子】	
酒杯	さかずき [034] 【杯・盃・坏】	
啤酒杯	ジョッキ [1]	可能源自【jug】。
馬克杯	マグ [1]【mug】	
開罐器	カンきり [031] 【缶切り】	

浴　室

中　文	日　文	備　註
浴室	よくしつ [0] 【浴室】	

衛浴設備	サニタリー① 【sanitary】	浴室、廁所、洗臉台等和水有關之事物。
澡堂	せんとう① 【銭湯・洗湯】	ゆや②【湯屋】。很多人到日本去的目的之一是爲泡湯。
男澡堂	おとこゆ[0][3] 【男湯】	
女澡堂	おんなゆ[0][3] 【女湯】	
浴缸	よくそう[0] 【浴槽】	
浴缸	ふろ[2][1] 【風呂】	「風呂」有多種意思，指澡盆、澡堂、浴池等。
成套衛浴設備	ユニットバス ⑤【（和）unit＋bath】	訂旅館時，有的旅館會註明：「ユニットバスあり」，即有獨立的衛浴設備。
淋浴	シャワー① 【shower】	
洗手；洗手用具	てあらい② 【手洗（い）】	當廁所時，多稱爲：お手洗い。
毛巾	タオル① 【towel】	
毛巾架	タオルかけ④ 【タオル掛け】	
廁所	トイレット[1][3] 【toilet】	可省略爲：トイレ①。

馬桶	べんざ ⓪ 【便座】	
免治馬桶座	おんすいせん じょうべんざ ⑨ 【温水洗浄便 座】	
除臭劑	しょうしゅうざ い ㉚ 【消臭剤】	
芳香劑	ほうこうざい ③ 【芳香剤】	
撒水（設 備）	さんすい ⓪ 【散水・撒水】	庭院用的。

寝 具 ✂

中文	日文	備註
寝具	しんぐ ① 【寝具】	
床	しんだい ⓪ 【寝台】	=ベッド ① 【bed】。
雙人床	ダブルベッド ④ 【double bed】	
毯子	もうふ ① 【毛布】	
床罩	ベッドカバー ④ 【bedcover】	
被子	ふとん ⓪ 【布団・蒲団】	

中文	日文	備註
被子	かけぶとん③ 【掛（け）布団】	
褥子；墊被	しきぶとん③ 【敷（き）布団】	
坐墊	ざぶとん② 【座布団・座蒲団】	
墊子；坐墊；靠墊	クッション① 【cushion】	也有「緩衝器」之意。
床單	シーツ① 【sheet】	＝しきふ⓪【敷布】。
枕頭	まくら① 【枕】	
枕頭套	まくらカバー④ 【枕カバー】	＝ピローケース④ 【pillowcase】。
地毯	じゅうたん① 【絨緞・絨毯】	＝カーペット①③ 【carpet】。以羊毛等織成的厚織物。
腳踏墊	マット① 【mat】	

眼　鏡

中文	日文	備註
雜貨	ざっか⓪ 【雑貨】	
眼鏡	めがね① 【眼鏡】	

平光眼鏡	だてめがね③【伊達眼鏡】	
太陽眼鏡	サングラス③【sunglasses】	
老花眼鏡	ろうがんきょう◎【老眼鏡】	
金屬	メタル◎【metal】	
眼鏡框	めがねフレーム⑤【眼鏡フレーム】	彩色框：カラーフレーム。 狐狸型（框）：フォックスタイプ。 方型（框）：スクエアタイプ。 蝴蝶型（框）：バタフライタイプ。 橢圓型（框）：オーバルタイプ。
金屬框	メタルフレーム⑤【（和）metal＋frame】	
無邊框	リムレス①【rimless】	
金邊太陽眼鏡	ゴールドのメタルフレームサングラス	
拭鏡布	めがねふき③【眼鏡拭き】	
隱形眼鏡	コンタクトレンズ⑥【contact lens】	＝コンタクト🔢【contact】。

彩色隱形眼鏡	カラーコンタクト [4]【colored contact】	
抛棄式軟式隱形眼鏡	つかいすてソフトコンタクト [9]【使い捨てソフトコンタクト】	
眼鏡盒	めがねケース [4]【眼鏡ケース】	硬式眼鏡盒：ハードケース。
近視	きんし [0]【近視】	=ちかめ [2]【近目・近眼】。=きんがん [0]【近眼】。
遠視	えんし [0]【遠視】	=とおめ [0]【遠目】。=えんがん [0]【遠眼】。
假性近視	かせいきんし [4]【仮性近視】	
老花眼	ろうがん [0]【老眼】	
散光	らんし [0]【乱視】	
凸透鏡	とつレンズ [3]【凸レンズ】	遠視用鏡片。
凹透鏡	おうレンズ [3]【凹レンズ】	近視用鏡片。

文 具 ✂

中文	日文	備註
文具	ぶんぐ [1]【文具】	=ぶんぼうぐ [3]【文房具】。

197

釘書機	ホチキス[1]【Hotchkiss】	=ホッチキス[1]。
迴紋針	ゼムクリップ[4][3]【（和）Gem clip】	
圖釘	がびょう[0]【画鋲】	關西稱爲おしピン[0]【押しピン】。
別針	とめばり[3]【留（め）針・止（め）針】	=ピン[1]【pin】。
美工刀	カッター[1]【cutter】	
削鉛筆機	えぴつけずり[4]【鉛筆削り】	
鉛筆	えんぴつ[0]【鉛筆】	
原子筆	ボールペン[0]【ball pen】	
自動鉛筆	シャープペンシル[4]【（和）sharp＋pencil】	
鋼筆	まんねんひつ[3]【万年筆】	
蠟筆	クレヨン[2]【（法）crayon】	
粉蠟筆	クレパス[2][0]【Craypas】	
顏料	えのぐ[0]【絵の具】	

水彩顏料	すいさいえの ぐ 5 【水彩絵の具】	=がんりょう 3 【顔料】。
油畫顏料	あぶらえのぐ 4 【油絵の具】	
粉彩	パステル 10 【pastel】	
調色盤	えのぐざら 3 【絵の具皿】	
炭筆；炭棒	コンテ 1 【（法） conté】	
鉛筆盒	ふでばこ 0 【筆箱】	
筆筒	ふでたて 3 0 【筆立（て）】	=ふでいれ 4 3 0 【筆入れ】。
筆記	ノート 1 【note】	
筆記本	ノートブック 4 【note-book】	
墊板	したじき 0 【下敷（き）】	
圓規	コンパス 1 【（荷） kompas】	
文件夾	ファイル 1 【file】	=フォルダー 1 【folder】。 =かみばさみ 3【紙 挟み】。

橡皮擦	けしゴム ⓪ 【消しゴム】	
修正液	しゅうせい えき ③⑤【修正 液】	
修正帶	しゅうせい テープ ⑤ 【修正テープ】	
打孔器	パンチ ① 【punch】	
書籤	しおり ⓪【栞・ 枝折（り）】	
書套	ブックカバー ④ 【（和）book ＋cover】	文庫本書套：ぶん こぼんブックカバ ー【文庫本ブック カバー】。
計算機	でんたく ⓪ 【電卓】	＝けいさんき ③【計 算機・計算器】。
尺	ものさし ③④ 【物差（し）・ 物指（し）】	＝じょうぎ ①【定規 ・定木】。
三角板：三角規	さんかくじょう ぎ ⑤ 【三角定規】	
雲形規：曲線板	うんけいじょう ぎ ⑤ 【雲形定規】	＝くもがたじょう ぎ ⑤【雲形定規】。
白板筆：奇異筆	フェルトペン ⓪④ 【felt pen】	
麥克筆	マーカー ① 【marker】	

自來水筆	ふでペン ０ 【筆ペン】	
簽字筆	サインペン ２ 【（和）Sign＋ Pen】	
印泥	いんにく ０ 【印肉】	＝いんでい ０ 【印泥】。
圍棋	いご １ 【囲碁】	自古以來即和將棋 並稱雙璧。
將棋	しょうぎ ０ 【将棋・象棋・ 象戯】	
撲克牌	トランプ ２ 【trump】	
塔羅牌	タロット ２１ 【tarot】	

寵 物

中文	日文	備註
寵物	ペット １【pet】	＝あいがんどうぶ つ ５【愛玩動物】。
寵物食品	ペットフード ４ 【pet food】	
飼料	えさ ２０【餌】	
狗食	ドッグフード ４ 【dog food】	
狗	いぬ ２ 【犬・狗】	＝ワンちゃん。

狗服裝	いぬウェア ③ 【犬ウェア】	
小狗	こいぬ ◎ 【小犬・子犬】	
秋田犬	あきたいぬ ③◎ 【秋田犬】	
紀州犬	きしゅういぬ ② 【紀州犬】	
柴犬	しばいぬ ◎ 【柴犬】	也稱「しばけん」。
獵犬	りょうけん ◎ 【猟犬】	
貓	ねこ ① 【猫】	
暹羅貓	シャムねこ ◎ 【シャム猫】	
波斯貓	ペルシャねこ ⑤③【ペルシャ猫】	
兔子	うさぎ ◎ 【兎】	
家養鳥	かいどり ②① 【飼（い）鳥】	
鸚鵡	おうむ ◎ 【鸚鵡】	所有大型鸚鵡、短尾鸚鵡的總稱。
鸚哥	いんこ ① 【鸚哥・音呼】	指小型的鸚鵡。
黃鶯	うぐいす ② 【鶯】	

金絲雀	カナリア [0] 【（西） canaria】	＝きんしじゃく [3] 【金糸雀】。
九官鳥	きゅうかんちょ う [0]【九官鳥】	＝しんきつりよう 【秦吉了】。
籠子	かご [0] 【籠】	鳥籠：とりかご [0] 【鳥籠】。
蠶	かいこ [1]【蚕】	
獨角仙	かぶとむし [3] 【兜虫・甲虫】	
鍬形蟲	くわがたむし [4] 【鍬形虫】	
變色龍	カメレオン [3][0] 【chameleon】	
觀賞魚	かんしょうぎょ [3]【観賞魚】	
金魚	きんぎょ [1] 【金魚】	
錦鯉	にしきごい [3] 【錦鯉】	
熱帶魚	ねったいぎょ [3] 【熱帯魚】	
神仙魚	エンゼル フィッシュ [5] 【angelfish】	
霓虹燈魚	ネオンテトラ [4] 【neon tetra】	又稱日光燈魚，是 一種小型熱帶魚。
孔雀魚	グッピー [1] 【guppy】	

魚缸	すいそう [0] 【水槽】	
櫃子	キャビネット [13] 【cabinet】	放置魚缸的櫃子, 也稱「水槽台」。
空氣壓縮 機;幫浦	エアポンプ [3] 【air pump】	
水草	すいそう [0] 【水草】	=みずくさ [0]【水 草】。
漂流木	りゅうぼく [0] 【流木】	
碎石子	ざり [0] 【砂利】	
照明;燈光	しょうめい [0] 【照明】	
過濾器	ろかき [2] 【濾過器】	=フィルター [0][1] 【filter】。

車用品

中 文	日 文	備 註
車	くるま [0]【車】	=じどうしゃ [20] 【自動車】。
機車	バイク [1] 【bike】	
汽車衛星導 航系統	カーナビ [0]	=カーナビゲーショ ンシステム [8] 【car navigation system】。
車用音響	カーオーディオ [3] 【(和) car+ audio】	オーディオ [0][1] 【audio】。

雷達測速器	レーダーたんち き[7]【レーダー 探知機】	
車用電視	カーテレ ビ[3]【car television】	
零件	ぶひん[0] 【部品】	=ぶぶんひん[0] 【部分品】。
零件	パーツ[10] 【parts】	
刹車	ブレーキ[20] 【brake】	
懸吊系統	サスペン ション[3] 【suspension】	
外裝	がいそう[0] 【外装】	
內裝	ないそう[0] 【内装】	
車飾	カーアクセサ リー[3]【car accessory】	
輪胎	タイヤ[0] 【tire】	=タイア[0]。
車輪	ホイール[20] 【wheel】	=しゃりん[0] 【車輪】。
打氣筒	くうきいれ[3] 【空気入れ】	

維修保養用品	メンテナンスようひん[7]【メンテナンス用品】
洗車	せんしゃ[0]【洗車】
加油站	ガソリンスタンド[6]【(和)gasoline+stand】
工具	こうぐ[1]【工具】
工具箱	どうぐばこ[30]【道具箱】
機油	オイル[1]【oil】

家用工具

中文	日文	備註
DIY	にちようだいく[5]【日曜大工】	指自己動手做一些小傢俱。
剪刀	はさみ[3]【挟み・挿み】	
針	はり[1]【針】	
線	いと[1]【糸】	
線頭	いとくず[3]【糸屑】	
電線	でんせん[0]【電線】	

梯子	はしご ⓪ 【梯子・梯】	
鋸子	のこぎり ③④ 【鋸】	
鐵鎚	かなづち ③④ 【金槌・鉄鎚】	
釘子	くぎ ⓪ 【釘】	
螺絲釘	ねじくぎ ②【螺 子釘】	
鉗子	ペンチ ①	語源可能是： pinchers。
老虎鉗	でんこう ペンチ ⑤ 【電工ペンチ】	
斜口鉗	ニッパー ① 【nipper】	
螺絲起子	ドライバー ⓪ 【driver】	＝ねじまわし ③ 【螺子回し】。
一字形螺絲 起子	マイナスドライ バー ⑥【（和） minus＋ driver】	
十字形螺絲 起子	プラスドライ バー ⑤【（和） plus＋driver】	
抜手	スパナ ② 【spanner】	＝レンチ ① 【wrench】。
活動抜手	じざいスパナ ⑤ 【自在スパナ】	＝モンキーレン チ ⑤【monkey wrench】。

207

彈簧	ばね[1] 【発条・弾機】	
電線；鐵絲	ワイヤ[1][0] 【wire】	
合葉	ちょうつがい[3] 【蝶番】	=ちょうばん[0]【蝶番】。門和門柱接連處，像蝶翅的金屬片。
插口；插座	ソケット[2][1] 【socket】	
銲錫	はんだ[0] 【半田・盤陀】	烙鐵：はんだごて。
三用電表	テスター[1] 【tester】	=かいろけい[0]【回路計】。

旅遊用品

中文	日文	備註
日常用品	デイリーアイテム[5] 【daily item】	
便利商店	コンビニエンスストア[9] 【convenience store】	常用略稱為：コンビニ[0]。
雜貨	ざっか[0] 【雑貨】	
自動販賣機	じどうはんばいき[6] 【自動販売機】	

（捲筒）衛生紙	トイレットペーパー⑥【toilet paper】	
衛生棉	ナプキン①【napkin】	也是「餐巾」之意。
牙刷	はブラシ②【歯ブラシ】	
牙膏	ねりはみがき④【練（り）歯磨き・煉り歯磨き】	＝はみがき②【歯磨き】。
漱口水	うがいぐすり④【嗽薬】	
毛巾	タオル①【towel】	
礦泉水	ミネラルウオーター⑥【mineral water】	也可作：「ミネラルウォーター」。

旅遊紀念品 ✂

中文	日文	備註
護身符	おまもり⓪【御守り】	
明信片	はがき⓪【葉書・端書（き）】	
風景明信片	えはがき②【絵葉書】	
和紙；日本紙	わし①【和紙】	

燈籠	ちょうちん ③ 【提灯】	
手帕	ハンカチ ③⓪	＝ハンカチーフ ④ 【handkerchief】之 略。
手帕	てぬぐい ⓪ 【手拭い】	傳統的日本手帕， 比較大。
鑰匙圈	キーホルダー ③ 【（和）key＋ holder】	
玩具	おもちゃ ② 【玩具】	
玩具	がんぐ ① 【玩具・翫具】	
遊戲道具； 玩具	ゆうぐ ① 【遊具】	
填充玩具	ぬいぐるみ ⓪ 【縫い包み】	
小型模型汽 車	ミニチュアカー ④⑤【miniature car】	
機車	バイク ① 【bike】	
機車	オートバイ ③④ 【（和）auto＋ bicycle】	
飛機	ひこうき ② 【飛行機】	
起重機	クレーン ② 【crane】	＝きじゅうき ②【起 重機】。

軍裝式裝扮	ミリタリールック⑥【military look】	
戰車；坦克車	せんしゃ①【戦車】	
戰艦	せんかん⓪【戦艦】	
船	ふね①【船・舟】	
恐龍	きょうりゅう⓪【恐竜】	=ディノサウルス【（拉丁）Dinosaurus】。
收集品；收藏品	コレクション②【collection】	
遙控；無線電控制	ラジオコントロール⑦【radio control】	=ラジコン⓪。
溜溜球	ヨーヨー③【yo-yo】	
漆器	しっき⓪【漆器】	=ぬりもの⓪【塗（り）物】。
圓頭圓身木偶	こけし⓪【小芥子】	東北地方特産的郷土玩具。
人偶	にんぎょう⓪【人形】	
京都製的人偶	きょうにんぎょう③【京人形】	
法國娃娃	フランスにんぎょう⑤【フランス人形】	穿著像貴婦的洋娃娃，不一定法國製。

211

洋娃娃	ドール[1]【doll】	
登場人物	キャラクター[0][1][2]【character】	小說漫畫戲劇中的角色人物：キャラクタードール。
角色扮演	コスプレ[0]【（和）cosplay】	主要扮演動漫、電玩等的角色和各種職業的人。
凱蒂貓	ハローキティ[4]【Hello Kitty】	
芭比娃娃	バービー[1]【Barbie】	
換衣服娃娃	きせかえにんぎょう[5]【着せ替え人形】	
面具	かめん[0]【仮面】	
阿龜面具	おかめ[2]【お亀・阿亀】	塌鼻、高頰的女性面具，被認爲能帶來好運。
護身符	おまもり[0]【御守り】	
風鈴	ふうりん[0]【風鈴】	
鯉魚旗	こいのぼり[3]【鯉幟】	五月五日端午節時會掛起來。
煙火	はなび[1]【花火・煙火】	
仙女棒	せんこうはなび[5]【線香花火】	

竹蜻蜓	たけとんぼ ③ 【竹蜻蛉】	
托球遊戲； 日月球	けんだま ⓪ 【剣玉・拳玉】	木柄一端尖，一端 成勺狀中間拴線， 線拴一有孔木球， 以木柄一端接、穿 球。
陀螺	こま ①【独楽】	
紙扇；折扇	せんす ⓪【扇 子】	＝おうぎ【扇】。

擺　飾　✂

中 文	日 文	備 註
擺飾品	おきもの ⓪ 【置物】	
不倒翁	ふとうおう ② 【不倒翁】	＝おきあがりこぼ し ⑥【起き上（が） り小法師】。以達 摩祖師外形的不倒 翁最普遍。
達磨；不倒 翁	だるま ⓪ 【達磨】	
金太郎	きんたろう ⓪ 【金太郎】	傳說中的怪童，有 許多造形玩偶。
狸	たぬき ① 【狸】	狸裝飾物：たぬき のおきもの【狸の 置物】，信樂燒最 有名的吉祥物。

青蛙	かえる ⓪ 【蛙】	發音和「回來」（かえる①【帰る・還る】）相似，象徵錢能歸還，人能平安歸來。
貓頭鷹	ふくろう ②③ 【梟】	發音和「不苦労」、「福篭」（將福氣壓縮入籠）、「福老」（不老長壽）一樣。
兔子	うさぎ ⓪ 【兎】	象徵多產，其跳躍的特性也象徵運氣提升。
吉祥物	えんぎもの ⓪ 【縁起物】	
招財貓	まねきねこ ④ 【招き猫】	
七福神	しちふくじん ④ 【七福神】	是祥瑞的象徵，繪畫、雕刻等的題材。
寶船	たからぶね ④③ 【宝船】	上坐七福神，堆滿各種寶物的帆船。多以擺飾品或繪畫形式出現。[季]新年。
裝飾用稻草繩	しめかざり ③ 【注連飾り・標飾り・七五三飾り】	新年時掛門上或神龕前作裝飾的稻草繩。
門松	かどまつ ②⓪ 【門松】	過年置於門口。

熊手裝飾物	くまで [0][3] 【熊手】
女兒節娃娃	ひなにんぎょう [3]【雛人形】
鎧甲	よろい [0] 【鎧・甲】
盔甲	かぶと [1] 【兜】

模型玩具 ✂

中 文	日 文	備 註
模型	もけい [0] 【模型】	
一組（模型）	キット [1] 【kit】	
車庫	ガレージ [2][1] 【garage】	＝ギャレージ [2]。車庫模型套件：ガレージキット。
鐵路	てつどう [0] 【鉄道】	鐵路模型：てつどうもけい【鉄道模型】。
帆船	はんせん [0] 【帆船】	帆船模型：はんせんもけい【帆船模型】。
組合	くみたて [0]【組（み）立て】	
比率；縮尺	スケール [2] 【scale】	比例模型：スケールモデル。

塑膠組合模型	プラスチックモデル⑦【plastic model】	
火車頭	きかんしゃ②【機関車】	
柴油引擎	ディーゼルエンジン⑤【diesel engine】	
公仔；模型	フィギュア①【figure】	原是圖形之意。但也指公仔。
人物模型	フィギュアモデル④【figure model】	
金屬製公仔	メタルフィギュア④【metal figure】	
酷斯拉	ゴジラ①【Godzilla】	
拼圖	ジグソーパズル⑤【jigsaw puzzle】	
積木	つみき⓪【積（み）木】	
積木	ブロック②【block】	
一包；一盒	パック①【pack】	是公仔等組合模型的計算單位。
樂高公司	レゴしゃ②【LEGO社】	

雜 物

中 文	日 文	備 註
小東西	こもの [0] 【小物】	「和小物」是指適合送給親朋的實惠禮物。
髮飾	かみかざり [3] 【髮飾り】	
鏡子	ミラー [1] 【mirror】	＝かがみ [3]【鏡】。
櫃；箱；盒	ケース [1] 【case】	
卡片盒	カードケース [4] 【card-case】	
玻璃櫃	ガラスケース [4] 【glass case】	
櫥窗	ウインドーケース [6]【window case】	
陳列櫃	ショーケース [3] 【show case】	
筆袋；筆盒	ペンケース [3] 【pen case】	
衣物箱	いしょう ケース [4] 【衣装ケース】	
小型行李箱	スーツケース [4] 【suitcase】	
公事皮包	ブリーフケース [5]【briefcase】	

通行證；月票；入場券	パス① 【pass】	證件包：パスケース。
收納物品的小盒	こばこ①◎ 【小箱】	
名片盒	めいしいれ③ 【名刺入れ】	

第6章

電玩漫畫

- 遊戲機・網路遊戲
- 漫畫・動漫
- 書店與書籍分類
- 雜誌及其類別

遊戲機・網路遊戲

中　文	日　文	備　註
電動玩具；遊戲機	ゲームき③【ゲーム機】	
柏青哥	ぱちんこ◎	
柏青哥店	ぱちんこや◎【ぱちんこ屋】	
電子寵物	でんしペット④【電子ペット】	
大型電玩	アーケードゲーム⑥【arcade game】	在遊樂場等所放的大型電玩的總稱。
夾娃娃機	クレーンゲーム⑤【crane game】	
索尼（新力）出的遊戲平台PS	プレイステーション⑤【PlayStation】	有PS、PS2，已出第三代「Play Station3」。
任天堂	にんてんどう◎【にんてんどう】	
數位內容	コンテンツ③①【contents】	=デジタル‐コンテンツ⑤【digital contents】。指透過網路和有線電視等，提供的文字、音聲、影像、遊戲軟體等的內容與其服務。

搖桿	ジョイ スティック④ 【joy stick】	
掃描器	スキャナー② 【scanner】	＝イメージスキャナー⑥【image scanner】。
遊戲軟體	ゲームソフト④ 【（和）game ＋soft】	
薩爾達傳說風之律動	ガルダのでんせつかぜのタクト 【ゼルダの伝説風のタクト】	日本雜誌FAMI通評爲滿分的遊戲。指揮，指揮棒，節拍：タクト① 【（德）Takt】。
神奇寶貝	ポケットモンスター⑤【Pocket Monster】	皮卡丘：ピカチュウ。原是任天堂遊戲，後來也改編成動畫。
會員；使用者	ユーザー① 【user】	
登記；註冊	とうろく⓪ 【登録】	
註冊會員	とうろくユーザー⑤【登録ユーザー】	
網路遊戲	オンラインゲーム⑥【online game】	＝インターネットゲーム＝ネットゲーム⑦。
虛擬實境	バーチャルリアリティー⑥⑧【virtual reality】	＝かそうげんじつ④ 【仮想現実】。

天堂	リネージュ ② 【Lineage】	極盛時網咖市佔率達六成。由韓國開發。
魔獸世界	ワールド オブ ウォークラフト【World of Warcraft】	簡稱WoW或魔獸。美國所開發。
仙境傳說	ラグナロク オンライン【Ragnarok Online】	簡稱RO。
魔力寶貝	クロスゲート ④ 【Cross Gate】	日本Dwango公司開發，是營運時間最長的網路遊戲之一。
大航海時代 Online	だいこうかいじだいオンライン【大航海時代 Online】	
奇蹟	ミューきせきのだいち【MU-奇蹟の大地】	
楓之谷	メイプルストーリー ⑥ 【MapleStory】	
免費遊戲	アイテムかきん ⑤ 【アイテム課金】	多以出售道具和服務性收費為多。
HATTRICK	ハットトリック ⑤ 【Hattrick】	也叫 HT，瑞典開發。屬免費遊戲。

| 完美世界 | パーフェクトワールドかんびせかい【パーフェクトワールド-完美世界】 | |

漫畫・動漫

中文	日文	備註
漫畫	まんが[0]【漫画】	
漫畫	コミック[1][2]【comic】	「コミック」也是滑稽、喜劇的意思。
Comic Market	コミックマーケット[5][7]【Comic Market】	＝コミケ[1]。＝コミケット[3]。在東京舉辦的世界最大同人誌展示會。
動畫；卡通	アニメーション[3]【animation】	＝アニメ[0][1]。＝動画[0]【どうが】。
影像	えいぞう[0]【映像】	指電影、電視、相片等透過鏡頭拍出的影像。
連續劇	ドラマ[1]【drama】	著名漫畫也會改編成電視劇，如：流星花園等。
海報	ポスター[1]【poster】	
週刊少年Jump	しゅうかんしょうねんジャンプ[9]【週刊少年ジャンプ】	日本最受歡迎的少年漫畫雜誌。台灣中文版為：《寶島少年》。

週刊少年 Magazine	しゅうかんしょうねんマガジン⑨【週刊少年マガジン】	日本排名第二的少年漫畫雜誌。台灣中文版為：《新少年快報》。雜誌：マガジン①【magazine】。
週刊少年 Sunday	しゅうかんしょうねんサンデー⑨【週刊少年サンデー】	日本排名第三的少年漫畫雜誌。
SUPER JUMP	スーパージャンプ⑤【SUPER JUMP】	集英社發行的青年取向漫畫雜誌。半月刊。
月刊G fantasy	げっかんジーファンタジー⑦【月刊Gファンタジー】	
小英的故事	ペリーヌものがたり⑦【ペリーヌ物語】	原是法國文學作品。
龍龍與忠狗	フランダースのいぬ【フランダースの犬】	最後一集的收視率在關東地區達30.1%。是「世界名作劇場」的最高記錄。
小天使	アルプスものがたりわたしのアンネット【アルプス物語わたしのアンネット】	原是英國兒童文學作品。也譯作：阿爾卑斯物語，我的安妮特。

麵包超人	アンパンマン ③	單獨動畫系列的出場角色數破金氏世界紀錄。
蠟筆小新	クレヨンしんちゃん ⑤	
搞笑	ギャグ ① 【gag】	
喜劇	コメディー ① 【comedy】	
烏龍派出所	こちらかつしかくかめありこうえんまえはしゅつじょ 【こちら葛飾区亀有公園前派出所】	《這裡是葛飾區龜有公園前派出所》因原名太長,常簡稱《こち亀》。1976年開始連載,是1980年代唯一至今還在連載的作品。
Keroro軍曹	ケロロぐんそう ④ 【ケロロ軍曹】	ぐんそう ① 【軍曹】:中士。
家庭教師:HITMAN REBORN	かてきょうヒットマンリボーン 【家庭教師ヒットマンREBORN】	
黑執事	くろしつじ ③ 【黒執事】	
冒險	ぼうけん ⓪ 【冒険】	
七龍珠	ドラゴンボール ⑤	龍:ドラゴン ①② 【dragon】。

海賊王	ワンピース③【ONE PIECE】
恐怖漫畫	ホラーまんが④【ホラー漫画】
幽靈	ゆうれい①【幽霊】
鬼太郎	ゲゲゲのきたろう【ゲゲゲの鬼太郎】
幽遊白書	ゆうゆうはくしょ⑤【幽遊白書】
死亡筆記本	デスノート③【DEATH NOTE】
花田少年史	はなだしょうねんし【花田少年史】
打鬥；格鬥	かくとう⓪【格闘・搘闘】
金肉人	キンにくマン⑤【キン肉マン】
城市獵人	シティーハンター④【CITY HUNTER】
聖鬥士星矢	セイントセイヤ⑤【聖闘士星矢】

亂馬½	らんまにぶんの いち 【らんま½】	
頭文字D	イニシャル ディー⑤ 【頭文字D】	
少年漫畫	しょうねんまんが⑤【少年漫画】	
天才小釣手	つりキチさんぺい【釣りキチ三平】	現有平成版的新連載。2009年有電影版。
灌籃高手	スラムダンク④ 【slam dunk】	原意灌籃，以高中籃球為題材。《灌籃高手》和《七龍珠》讓《週刊少年Jump》發行量躍居漫畫期刊之首。單行本初版破250萬本，全系列破億本。
犬夜叉	いぬやしゃ③ 【犬夜叉】	
棋靈王	ヒカルのご⓪ 【ヒカルの碁】	
火影忍者	ナルト①	
烘焙王	やきたてジャぱん⑤【焼きたてジャぱん】	

少女漫畫	しょうじょまんが④【少女漫画】	
愛情故事；戀愛小說	ラブストーリー④【love story】	
小甜甜	キャンディキャンディ④	是日本漫畫單行本首次破初版百萬本的漫畫。
東京愛情故事	とうきょうラブストーリー⑧【東京ラブストーリー】	柴門文漫畫，改編成日劇，日本收視率曾破30%，日劇代表作之一。
玻璃假面	ガラスのかめん⓪【ガラスの仮面】	在少女漫畫中與《流星花園》、《尼羅河女兒》並列為日本早期經典少女漫畫。
王家的紋章	おうけのもんしょう⓪【王家の紋章】	《王家的紋章》舊譯為《尼羅河女兒》。
流星花園	はなよりだんご【花より男子】	
美少女戰士	びしょうじょせんしセーラームーン【美少女戰士セーラームーン】	
櫻桃小丸子	ちびまるこちゃん⑤【ちびまる子ちゃん】	曾獲講談社漫畫賞少女部門。

我們這一家	あたしんち◎	是あたしのうち【私の家】（我的家）的口語及女性說法。
吸血鬼騎士	ヴァンパイアナイト⑥【ヴァンパイア騎士】	英語：Vampire Knight。
青年漫畫	せいねんまんが⑤【青年漫画】	
課長島耕作	かちょうしまこうさく【課長島耕作】	描述1980年代前半日本經濟低成長期到同年代後半泡沫經濟期，到1990年代初期泡沫崩壞前夕的日本經濟動向、大企業間的競爭、大企業內部的派閥爭鬥，及在經濟活動末端工作的受薪階級的各種面貌，在上班族間極受好評。1983年連載至今。
怪醫黑傑克	ブラックジャック⑤	舊譯：《怪醫秦博士》。日本醫療漫畫始祖及金字塔。
仁者俠醫	じん①【JIN-仁】	科幻、醫療漫畫。
科幻動畫	エスエフアニメ⑤【SFアニメ】	

哆啦A夢	ドラえもん⓪	舊譯：機器貓小叮噹。
科學小飛俠	かがくにんじゃたいガッチャマン【科学忍者隊ガッチャマン】	為5、6年級的族群相互連結及共通的童年回憶。
無敵鐵金剛	マジンガーゼット⑤【マジンガーZ】	
太空突擊隊	キャプテンフューチャー⑤【Captain Future】	改編自Edmond Hamilton所著的科幻小說《未來艦長》。
宇宙戰艦	うちゅうせんかんヤマト【宇宙戰艦ヤマト】	宇宙戰艦大和號。
機動戰士鋼彈	きどうせんしガンダム【機動戰士ガンダム】	英文：MOBILE SUIT GUNDAM，日本機器人動畫變革的先驅。
微星小超人	ミクロマン①【Microman】	
變形金剛	トランスフォーマー⑤【Transformers】	日本和美國公司合作的玩具產品。玩家慣稱「TransFormers」簡稱：TF。2007年創電影票房記錄。
新世紀福音戰士	しんせいきエヴァンゲリオン【新世紀エヴァンゲリオン】	

凱蒂貓	ハローキティ [4]【Hello Kitty】	無漫畫，只有動畫，原是只出現在商品上的卡通人物。
金田一少年事件簿	きんだいちしょうねんのじけんぼ【金田一少年の事件簿】	1992年開始連載，由此漸形成推理漫畫風潮。1997年開始和《名偵探柯南》組合為「週一7點的神祕時間」（月曜7時のミステリーアワー）。
名偵探柯南	めいたんていコナン【名探偵コナン】	1994年開始連載，成為《週刊少年Sunday》連載作品中最長壽作品。至今已印行破億冊。
民間傳說：故事	むかしばなし [4]【昔話】	
一休和尚	いっきゅうさん [1]【一休さん】	
義呆利	アクシス パワーズ ヘタリア [9]【Axis powers ヘタリア】	特殊之處在於原作者在自己網頁上連載的，之後才變成CD、動畫、書籍。
最遊記	さいゆうき [3]【最遊記】	動畫版名字為：げんそうまでん さいゆうき【幻想魔伝最遊記】。
火鳥	ひのとり【火の鳥】	

原子小金剛	てつわんアトム⑤【鉄腕アトム】	原子：アトム①【atom】。日本最早的電視動畫，1963年播放。
森林大帝	ジャングルたいてい⑤【ジャングル大帝】	舊譯《小獅王》。1965年改編爲動畫，是日本首部彩色電視動畫。
三眼神童	みっつめがとおる⑥【三つ目がとおる】	
龍貓	となりのトトロ⑤	
風之谷	かぜのたにのナウシカ⑧【風の谷のナウシカ】	
魔女宅急便	まじょのたっきゅうびん【魔女の宅急便】	
神隱少女	せんとちひろのかみかくし【千と千尋の神隠し】	
白雪公主	しらゆきひめ④【白雪姫】	
米老鼠：米奇	ミッキーマウス⑤【Mickey Mouse】	
米妮	ミニーマウス④【Minnie Mouse】	迪士尼動畫的角色之一，爲米奇的女友。

高飛	グーフィー ③【Goofy】	
唐老鴨	ドナルドダック ⑤【Donald Duck】	
超人	スーパーマン ⑤【Superman】	
蜘蛛人	スパイダーマン ⑥【Spider-Man】	
蝙蝠俠	バットマン ①【Batman】	
綠巨人浩克	ハルク ①【Hulk】	
機器戰警	ロボコップ ③【ROBOCOP】	
101忠狗	ひゃくいっぴきわんちゃん ⑦【101匹わんちゃん】	
海綿寶寶	スポンジボブスクエアパンツ【Sponge Bob Square Pants】	
木偶奇遇記	ピノッキオ ⓪【Pinocchio】	=ピノキオ。主角木偶中譯為：皮諾丘。
睡美人	ねむれるもりのびじょ ⑧【眠れる森の美女】	法國童話。
美女與野獸	びじょとやじゅう【美女と野獣】	為法國民間故事。

中文	日文	備註
忍者龜	ニンジャタートルズ【忍者タートルズ】	英文名：Teenage Mutant Ninja Turtles、TMNT。
辛普森家庭	ザシンプソンズ【The Simpsons】	

書店與書籍分類

中文	日文	備註
書店	しょてん[0][1]【書店】	＝ほんや[1]【本屋】。
書店	ブックストア[5]【bookstore】	
舊書店	ふるほんや[0]【古本屋】	東京都千代田區神保町有日本最大舊書店街。
網路書店	オンラインしょてん[6]【オンライン書店】	＝インターネットしょてん【インターネット書店】。
亞馬遜網路書店	アマゾン[3]【Amazon】	
書	ほん[1]【本】	＝しょせき[1][0]【書籍】。
小說類；小說	フィクション[1]【fiction】	＝しょうせつ[0]【小説】。
非小說類	ノンフィクション[3]【nonfiction】	
隨筆；散文	エッセー[1]【（法）essai】	

生活方式	ライフスタイル⑤【lifestyle】
興趣；嗜好	ホビー①【hobby】
運動	スポーツ②【sport】
美術	びじゅつ①【美術】
旅行	りょこう◎【旅行】
留學	りゅうがく◎【留学】
圖畫書；繪本	えほん②【絵本】
童書；兒童文學	じどうぶんがく④【児童文学】
圖鑑	ずかん◎【図鑑】
語言學；語文類書籍	ごがく①◎【語学】
參考書	がくしゅうさんこうしょ⑨◎【学習参考書】
商業	ビジネス①【business】
經濟	けいざい①【経済】
就業	しゅうしょく◎【就職】

人文	じんぶん ⓪ 【人文】	
地理歷史	ちれき ⓪ 【地歷】	
哲學	てつがく ②⓪ 【哲学】	
社會	しゃかい ① 【社会】	
資格	しかく ⓪ 【資格】	指取得各種資格、證照的書籍。
檢定	けんてい ⓪ 【検定】	
科學	かがく ① 【科学】	
醫學	いがく ① 【医学】	
技術；技藝	ぎじゅつ ① 【技術】	
個人電腦	ピーシー ③ 【PC】	
娛樂	エンターテインメント ⑤ 【entertainment】	=エンターテイメント。
特殊攝影	とくさつ ⓪ 【特撮】	
偶像明星	アイドル ① 【idol】	
演藝人員	タレント ⓪① 【talent】	=げいのうじん ③ 【芸能人】。

袖珍本書籍	ぶんこぼん[0]【文庫本】	以普及為目的的廉價小型書籍。
樂譜	がくふ[0]【楽譜】	

雜誌及其類別

中 文	日 文	備 註
雜誌	ざっし[0]【雑誌】	
綜合雜誌	そうごうし[3]【総合誌】	
專業雜誌	せんもんし[3]【専門誌】	
女性雜誌	じょせいし[3]【女性誌】	
男性雜誌	だんせいし[3]【男性誌】	
生活資訊雜誌	じょうほうし[3]【情報誌】	又細分各種資訊的雜誌。
電視雜誌	テレビじょうほうし[6]【テレビ情報誌】	
就業雜誌	きゅうじんじょうほうし[7]【求人情報誌】	
同人雜誌	どうじんざっし[5]【同人雑誌】	=同人誌[3]【どうじんし】。是志同道合的成員，發表自己作品，並編集發行的雜誌。

結婚	けっこん ◎ 【結婚】	
生產	しゅっさん ◎ 【出産】	
育兒	こそだて ② 【子育て】	
旅行	りょこう ◎ 【旅行】	
健康	けんこう ◎ 【健康】	
生活	せいかつ ◎ 【生活】	
戶外：野外	アウトドア ④ 【outdoor】	
料理：食譜	りょうり ① 【料理】	
手工藝	しゅげい ◎① 【手芸】	指編織品、刺繡等 技藝。
投資	とうし ◎① 【投資】	
原文書	テキスト ①② 【text】	「テキスト」也是 教科書的意思。
才藝：藝能	げいのう ◎ 【芸能】	

第 7 章

網路購物

網路購物 ✂️

中 文	日 文	備 註
通訊販售	つうしんはんばい⑤【通信販売】	=つうはん⓪【通販】。=メールオーダー④【mail order】。經由廣告、直接送達、網路等的交易方法。
購物	ショッピング⑩【shopping】	也可譯成逛街，血拼。
網路購物	オンラインショッピング⑥【online shopping】	
網路交易	オンラインとりひき⑦⑥【オンライン取引】	
拍賣	オークション①【auction】	=せりうり⓪【競り売り】。=きょうばい⓪【競売】。
排名；排序	ランキング⑩【ranking】	
購物	かいもの⓪【買（い）物】	
購物籃	かいものかご⑤【買い物籠】	放進購物籃：かいものかごにいれる【買い物かごに入れる】。

店家評價	ストアひょうか ④ 【ストア評価】	
含稅	ぜいこみ ⓪ 【税込み】	
未稅	ぜいぬき ⓪ 【税抜】	
打折；減價	わりびき ⓪ 【割引】	
限時折扣	きかんげんていわりびき 【期間限定割引】	
運費	そうりょう ①③ 【送料】	運費另計：そうりょうべつ【送料別】。
免費	むりょう ⓪ 【無料】	
免運費	そうりょうむりょう 【送料無料】	
評價；評論	レビュー ①② 【review】	閱覽評價：レビューをみる【レビューを見る】。
點數	ポイント ⓪ 【point】	獲得點數：ポイントトかくとく【ポイン獲得】。
販賣；銷售	はんばい ⓪ 【販売】	
結束銷售	はんばいしゅうりょう ⑧ 【販売終了】	

購買；採購	かいあげ⓪【買（い）上げ】	
採購的總金額	おかいあげきんがく⑥【お買い上げ金額】	
整批採購	まとめがい⓪【纏め買い】	
配送	はいたつ⓪【配達】	=とどけ③【届（け）】。
送貨日	おとどけび④【お届け日】	
分期付款	ぶんかつばらい⑤【分割払い】	
取消	キャンセル①【cancel】	
網咖	インターネットカフェ⑧【（和）internet＋café】	=ネットカフェ④。
網上漫遊	ネットサーフィン④【Net-surfing】	
伺服器	サーバー①【server】	電子郵件伺服器：メールサーバー④【mail server】。
庫記：Cookie	クッキー①【Cookie】	
IP位址	アイピーアドレス⑤【IPアドレス】	

連結	リンク[1]【link】	超連結：ハイパーリンク[5]【hyperlink】。
超媒體	ハイパーメディア[5]【hypermedia】	
瀏覽器	ブラウザー[20]【browser】	＝ウェブブラウザー[4]【web browser】。
IE瀏覽器	インターネットエクスプローラー[12]【Internet Explorer】	
火狐瀏覽器	ファイアフォックス[4]【Firefox】	即Mozilla Firefox瀏覽器。
首頁	ホームページ[4]【homepage】	
網頁	ウェブページ[3]【web page】	
網站	サイト[0]【site】	＝ウェブサイト[3]【web site】。
入口網站	ポータルサイト[5]【portal site】	日本主要入口網站，除了Yahoo、Google外，還有：livedoor、goo、Excite等。
全球資訊網	ワールドワイドウェッブ[9]【World Wide Web】	也寫作「Web」、「WWW」等。

選單列	メニューバー[4]【menu bar】	
下拉式選單	プルダウンメニュー[6]【pull-down menu】	
點選；點擊	クリック[2]【click】	點左鍵：ひだりクリック【左クリック】。
下一個；其次	つぎ[2]【次】	下一步：つぎへ【次へ】。
部落格	ブログ[10]【blog】	
下載	ダウンロード[4]【download】	
上傳	アップロード[4]【upload】	
系統	システム[1]【system】	電腦系統：コンピューターシステム。
佈告欄	けいじばん[0]【掲示板】	電子布告欄：でんしけいじばん[0]【電子掲示板】。=BBS【bulletin board system】。
帳號	アカウント[2]【account】	電郵帳號：メールアカウント【mail account】。
密碼	パスワード[3]【password】	

密碼	あんしょうばんごう ⑤【暗証番号】	「パスワード」的一種，提款卡的密碼常如此稱呼。
搜尋	けんさく ⓪【検索】	＝サーチ ①【search】。
關鍵字	キーワード ③【key word】	
選項	オプション ①【option】	
工具	ツール ①【tool】	
商家一覽表	ショップいちらん【ショップ一覧】	
種類；範疇	カテゴリー ②【（徳）Kategorie】	進入網站常出現字，將商品分類管理。
訂購	ちゅうもん ⓪【注文・註文】	
追加訂單	ついかちゅうもん ④【追加注文】	
下單	にゅうさつ ⓪【入札】	
登入（網站）	ログイン ③【log in】	
登出（網站）	ログアウト ③【log out】	

網路相關用語 ✂

中文	日文	備註
上線	オンライン [3]【on-line】	
下線	オフライン [3]【off-line】	
會員	かいいん [0]【会員】	
輸入會員資料	かいいんじょうほうにゅうりょく [9]【会員情報入力】	
登錄	とうろく [0]【登録】	
確認輸入內容	にゅうりょくないようのかくにん【入力内容の確認】	
畫面	がめん [10]【画面】	
返回	もどる [2]【戻る】	
變更	へんこう [0]【変更】	
回上頁修改	にゅうりょくがめんにもどってへんこうする【入力画面にもどって変更する】	

完成	かんりょう 0 【完了】	
登録完成	とうろくかんりょう 5 【登録完了】	
轉寄	てんそう 0 【転送】	=メールのでんそう【メールの転送】。
郵遞區號	ゆうびんばんごう 5 【郵便番号】	
部落格	ブログ 10 【blog】	
Skype電話	スカイプフォン 4	
出貨	しゅっか 0 【出荷】	
年初第一次送貨	はつに 0 【初荷】	
亂碼	もじばけ 0 【文字化け】	
表情符號	かおもじ 0 【顔文字】	手機和網路上用記號組合而成的符號。

日文羅馬拼音對照表

あ a	い i	う u	え e	お o			
か ka	き ki	く ku	け ke	こ ko	きゃ kya	きゅ kyu	きょ kyo
さ sa	し si	す su	せ se	そ so	しゃ sya	しゅ syu	しょ syo
た ta	ち ti	つ tu	て te	と to	ちゃ tya	ちゅ tyu	ちょ tyo
な na	に ni	ぬ nu	ね ne	の no	にゃ nya	にゅ nyu	にょ nyo
は ha	ひ hi	ふ hu	へ he	ほ ho	ひゃ hya	ひゅ hyu	ひょ hyo
ま ma	み mi	む mu	め me	も mo	みゃ mya	みゅ myu	みょ myo
や ya		ゆ yu		よ yo			
ら ra	り ri	る ru	れ re	ろ ro	りゃ rya	りゅ ryu	りょ ryo

國家圖書館出版品預行編目資料

哈日族購物用語／秦就編著.
－－初版.－－臺北市：五南，2011.04
　　面；　公分

ISBN 978-957-11-6246-1（平裝附光碟片）

1.日語　2.詞彙

803.12　　　　　　　　　　　　　100003743

1AJ8
哈日族購物用語

編　　著	秦就
發 行 人	楊榮川
總 編 輯	龐君豪
責任編輯	劉好殊
封面設計	吳佳臻
出 版 者	五南圖書出版股份有限公司
地　　址	台北市大安區(106)和平東路二段339號4樓
電　　話	(02)2705-5066　傳真：(02)2706-6100
網　　址	http://www.wunan.com.tw
電子郵件	wunan@wunan.com.tw
劃撥帳號	01068953
戶　　名	五南圖書出版股份有限公司

法律顧問　元貞聯合法律事務所　張澤平律師

出版日期　2011年4月初版一刷
特　　價　新臺幣260元